豹変

今野 敏

角川文庫
21167

1

都内の中学校で、生徒が同級生を刃物で刺したという知らせがあった。学校からの通報だったという。

所轄の生活安全課少年係の係員が臨場するというので、富野《とみの》輝彦《てるひこ》も行ってみることにした。

富野は、警視庁生活安全部・少年事件課・少年事件第三係の巡査部長だ。有沢英行《ありさわひでゆき》という名の三十歳の巡査長と組んでいる。有沢は、富野よりも五歳年下だ。

刑事部の事案なら、所轄の出動要請があってから出かけて行けばいい。だが、少年事件は原則的に、全件送致主義なので、端緒から関わっておいたほうがいいのだ。

全件送致主義というのは、事案をすべて家庭裁判所に送る、という意味だ。

現場の中学校は、特に荒れている学校ではなかった。東京都内の中学校は、年々規模が小さくなっていく。少子化のせいだ。

都心は、特にその傾向が顕著だ。

事件があった中学は、世田谷《せたがや》区内にあった。住宅街にある中学校で、比較的人数は多い。

昔なら、傷害事件があっても、学校内で事件を隠そうとして、なかなか警察に連絡しないケースもあった。

軽微な事案なら、それでいいと、富野も思う。

富野だって、中学校時代に喧嘩《けんか》をしたことくらいはある。中学生の喧嘩をいちいち警察沙汰《ざた》にしていたらきりがない。

また、昔は学校の先生が、今よりずっと威厳を持っていた。自分の裁量で処理するという気概と誇りがあったように思う。

事件を隠さずに通報してくれるのは、警察としてはありがたい。だが、富野個人としては、「そんなものは、学校で処理してくれ」と思うような事案も少なくないのだ。

学校が硝子《ガラス》張りになったというより、先生の腰が引けているというほうが正しいのだろう。

まあ、無理もないと、富野は思う。

今どきの先生は、生徒を殴ることもできないのだ。ちょっと厳しく指導しようとすると、体罰だ何だと騒ぐ連中がいる。

叱られて、部屋に閉じこもったりすると、心的外傷後ストレス障害《PTSD》だといって、また大騒ぎだ。たいていは、ふてくされているだけなのだ。

学校というのは理不尽なものだ。生徒は先生に逆らえず、昔から変わらない校則を押しつけられる。

だが、社会はもっと理不尽なのだ。学校にいるうちに、心の弾力を鍛えておくべきだ。そうしないと、うまく社会に適応できないことになる。

先生に殴られたくらいで、PTSDになっている場合ではないのだ。

だいたい、PTSDって何だ、と富野は思う。アメリカの製薬会社の圧力で作った病名だというのを聞いたことがある。

病名があれば、処方箋《せん》を書くことができる。そうすれば薬が売れるというわけだ。そのせいか、最近は昔聞かなかった病名がずいぶん増えたような気がする。

嘘か本当かは知らないが、納得できる話だと、富野は思っていた。

富野と有沢が学校に行くと、すでに所轄の少年係が教師たちとの話を終えていた。

所轄の少年係が言った。

「全治一週間。訴えがあったので、補導しました。話を聞いた後に、家裁に送ります」

「おいおい、せっかく本部から来たんだ」

富野は言った。「俺たちにも話を聞かせてくれよ」

「教師たちは、マスコミの眼を恐れています。なるべく大事《おおごと》にしたくないんです」

「それはわかってるよ。話を聞くだけだ」

「わかりました」

所轄の少年係は、中学校の副校長を紹介してくれた。

「本人は、刺すつもりなどなく、はずみでこういうことになってしまったようですね」

副校長が言った。

「それはけっこう……」

富野が言った。「それが本当なら、家裁での処分も軽くて済むでしょう」

「そう願いたいです」

「本当ならね……」

ふと、副校長の表情が曇った。

「先ほど話をさせていただいた刑事さんは、納得してくださったようですが……」

厳密に言うと、富野や所轄の少年係は、刑事事件の専門ではないので、刑事とは言えない。だが、一般的に、私服の警察官のことを刑事と呼ぶので、あえて訂正しないことにした。

「確認を取るのが、私たちの仕事でしてね……。本人に話を聞いてみます」

副校長が言った。

「ご自由に……。生徒の身柄は、所轄の刑事さんが押さえていますから……」

被害者は、病院に運ばれた。加害者の少年は所轄署だ。

富野は有沢に言った。

「おまえは、病院に行ってくれ。被害者から話を聞くんだ」

「刺されたんでしょう？　話を聞ける状態ですかね？」

「聞き出すんだよ。話を聞けるまで戻ってこなくていい」

「了解」

有沢は一言多い。

警察官は、余計なことを考える前に動かなくてはいけない。

まったく、最近の若いやつは……。

五歳しか違わないのだが、ついそんなことを考えてしまう。おそらく、四十過ぎの先輩は、富野のことをそう考えているに違いない。

世の中はそんなものだ。

富野に、加害者から話を聞くために、所轄署にやってきた。

少年と取調室で向かい合う。所轄の少年係が二人、立ち合った。富野は別に気にしなかった。

少年の氏名は、佐田秀人《さだひでと》。学年は中学三年生で、十四歳だ。

妙に眼がぎらぎらしているな。

それが第一印象だった。

犯行からそれほど時間が経っていないので、まだ興奮状態にあるせいかもしれない。

富野は、そう思っていた。

「君が同級生を刺したことは、間違いないね？」

佐田はこたえない。

妙な光り方をする眼を富野に向けたまま、平然としている。挑発しているようにも見えた。

生意気そうなガキだ。富野はそう思っただけだ。こんなことで腹を立てていたら、少年事件係はつとまらない。

もっとひねくれた少年は山ほどいる。なぜだか、若ければ若いほど、自分が偉いと思いたいものらしい。

触法少年だの非行少年なんて、ろくなもんじゃないと、正直なところ富野は思っている。

少年法の理念は保護主義だ。非行少年は、親などに保護されておらず、国がそれに代わって保護するというのが根本思想だ。

そして、少年を更生させ、社会復帰させるのが目的だ。

その少年法に則《のっと》って行動するのが、少年犯罪を扱う富野たちの役割だ。仕事だから、少年法を尊重している。

だが、異動になったとたん、少年法の理念とはすっぱり縁を切るだろう。

若者は、国家の貴重な労働力だ。非行少年も、社会復帰できれば労働力となり得る。

だからこそ、更生させようということなのだ。

しかし、富野の経験からすると、非行少年はなかなか更生しない。犯罪を繰り返し、挙げ句の果ては暴力団の準構成員や構成員になってしまう。近ごろは、半グレと呼ばれる不良集団もあり、彼らはヤクザより始末が悪いと言われている。

家裁の判事など、そうした実態を知らない。少年事犯を扱う判事の多くは、富野に言わせれば、一種の理想主義者が多い。

少年を美化しているとすら言えるだろう。少年たちは、救いを求めており、手を差し伸べれば非行から立ち直るのだと信じて止《や》まないのだ。

そういうケースがないわけではない。だが、割合はそれほど多くはない。

非行少年の多くは、育児や教育に失敗した結果なのだ。もちろんそれは、不幸なことだ。ちゃんとした教育を受ける環境を与えられなかったということだからだ。

不幸なことではあるが、もうどうしようもないことでもあるのだ。だからこそ、より不幸だとも言えるが、取り返しはつかない。

ごく稀《まれ》なケースとして、非行少年が芸能界やプロスポーツ界といった特殊な世界で成功する例がある。

だが、これは例外だ。

多くの非行少年は、反社会的な存在となり、社会の安寧や秩序を脅かす存在となるのだ。

まあ、これは極論かもしれない。毎日毎日、犯罪少年だの触法少年だのに関わっていると、どうしてもこんなことを言いたくなる。

富野は、佐田を見据えて言った。

「クラスの仲間が何人も現場を目撃している。君は、刃物を手にしていたし、君の手には被害者のものと思われる血液がたっぷりと付着していた。だから状況は、はっきりしている。だがな、俺は本人の口から聞きたいんだ。君がクラスメートを刺したんだね？」

佐田の表情に変化が起きた。それは、ごくかすかな変化だったが、富野は見逃さなかった。

彼は、満足げにほほえんだのだ。

「邪魔をしたから懲らしめた。それだけのことだ。わしは、やるべきことをやった」

佐田が言った。その声を聞いて、富野は、思わず眉《まゆ》をひそめた。

まるで老人のように嗄《しゃが》れた声だった。

こいつ、変声期なのか……。いや、変声期とは明らかに違う。低く嗄《か》れ果てた声だ。

口調も何やら妙だ。最近の若い連中の自称は、妙なものが多い。女の子が「俺」や「おいら」というのは、もはや珍しくない。若いくせに、老人のように「わし」という者もいることはいる。

こいつ、ふざけているのか、と富野は思った。

「邪魔をしただって？　何の邪魔をしたというんだ？」

「わしは今、実に居心地がいい。あやつはそれを邪魔しようとした」

「何がどういうふうに居心地がいいというんだ？」

「若さというのは、いいものだ」

「何を言っているのかわからないな。真面目に話をしたらどうだ」

「おまえも、わしの邪魔をするつもりか？　ならば、懲らしめてやろう」

十四歳の少年に「おまえ」呼ばわりされた。だが、不思議と腹が立たなかった。まるで、老人と会話をしているような気分になっていた。

「クラスメートを刃物で刺したというのに、反省をしていない様子だな。そういう態度だと、処分が重くなるぞ」

「ショブン？　ショブンとは何のことだ？」

「君は、これから家庭裁判所に送られて、判事と話をして、処分が決まることになる」

佐田の表情は変わらない。異様な眼の輝きもそのままだ。

「いいや。そんなことにはならないな」

富野は、落ち着かない気分になった。

「そういうことになるんだよ。言い逃れはできない。これが、素手の殴り合いなら、学校も警察も大目に見るところだ。だが、刃物を出したらお終《しま》いだ」

「言い逃れなどする気はない。あいつは、わしの邪魔をしようとした。だから、懲らしめた。それの何が悪い」

「へたをすれば、相手は死んでいたかもしれないんだぞ」

「殺すつもりならやっていた」

普通ならこのあたりで頭にきているところだ。だが、不思議なことに、富野は腹を立てていなかった。

違和感が強すぎて、怒るのも忘れていた。こいつは、いったい何なのだろう。

ふざけているとは思えない。彼は、ぎらぎらと光る眼でじっと富野を見つめている。

思わず眼をそらしたくなるような眼差《まなざ》しだった。

冗談を言っているわけではない。だとしたら、こいつはいったい何者なんだ……。

富野は思わず考え込んでしまった。

佐田が言った。

「訊《き》くことがあるというから、わしはここに来た。まだ話があるのか？　ないならば、わしは帰る」

非行少年に慣れている富野も、さすがにこういうケースは初めてだった。

「帰れるわけないだろう」

なぜかその時、佐田は手錠や腰縄をつけていなかった。

刑事処分が相当と家裁が判断した場合は、検察に送り返す。それを逆送致あるいは、逆送という。その段階で、少年も一般の被疑者とほぼ同じ扱いになる。

担当者は、それまで手錠・腰縄の必要はないと判断したのだろうか。富野は緊張した。

明らかに普通ではない。

うなじの後ろが逆立つ感じがした。こういうときは、ろくなことがない。

佐田が、ごく日常的な所作で立ち上がった。本当に、話が終わったので帰る、という態度だった。

富野も立ち上がっていた。佐田を見ながら、背後にいる二人の所轄の少年係員に声をかける。

「気をつけろ。こいつを逃がすな」

背後から、のんびりした声が聞こえる。

「逃がすなって……。逃げられるわけないでしょう」

彼らは、この妙な状況が理解できないのだろうか。

富野は、佐田の行動を見守りながら言った。

「こいつはまともじゃない」

所轄の係員が言った。

「わざとそんなことを言っているだけですよ。ふざけているんです。まだ、自分が置かれている状況がよくわかっていないんです。俺たちがあとで、ちゃんとわからせておきますよ」

佐田がスチール製の机の横を通って、富野の脇をすり抜けようとした。

「席に戻れ」

富野は、佐田の腕をつかんだ。

佐田は、身長が富野よりもずっと低く、華奢《きゃしゃ》な体型をしている。腕も細い。簡単に制圧できると思った。だが、思いの外佐田の力は強かった。

「邪魔をいたすな。怪我をするぞ」

佐田はそう言うと、富野の手を振り払った。

まさか、自分の体が吹っ飛ぶとは、富野は思わなかった。

大げさでなく、軽々と壁際まで吹っ飛ばされていたのだ。壁に背中を打ちつけたダメージですぐには動けなかった。

辛うじて声を出した。

「……逃がすな……」

二人の係員が佐田につかみかかるのを見た。いくらなんでも二人がかりならば制圧できるだろう。富野はそう思ったが、予想に反した。

二人がかりでつかみかかるのを払いのけ、佐田は悠然と出入り口に向かった。

二人の係員は、さらに飛びかかり押さえつけようとする。だが、またしてもはね飛ばされてしまった。

佐田が取調室から出て行く。

富野は大声で言った。

「やつを署から逃がすなよ」

言われるまでもなく、二人の係員が取調室を飛び出して行く。

富野もそのあとを追った。

廊下に出た富野は、立ち尽くしている二人の係員を見た。

「佐田はどうした？」

係員たちの一人が言った。

「それが……」

「どうしたんだ」

「俺たちが廊下に出たときには、すでに姿が見えなかったんです……」

取調室が並ぶ廊下は短い。一方は行き止まり。もう一方は左に折れている。もう一人の係員がその角に立っている。

「署内にいるかもしれない」

富野が言うと、近くにいる係員が言った。「三配しました」

「念のために、本部の通信指令センターに連絡して、緊配《キンパイ》を要請しろ」

「緊配ですか……」

係員は、躊躇《ちゅうちょ》している様子だ。「そいつは、ちょっと大事ですね……」

「送致前に逃走されたなんて、しゃれにならないぞ。手配が遅れたら取り返しがつかないことになる」

「わかりました」

富野は、署の玄関に向かった。

杖《じょう》を持っている立ち番に尋ねた。

「少年が出て行かなかったか?」

「無線を受けて警戒していましたが、姿は見かけませんでした」

「……ということは、まだ署内にいるということか」

あるいは、どこか別の出口か窓から外に出たかもしれない。

取調室にいた係員たちが富野を追ってきた。その片方がつぶやいた。

「まるで、狐につままれたようだ……」

結局、佐田は見つからなかった。

彼は、取調室を出た後、煙のように消えてしまったとしか思えなかった。

2

姿を消してから一時間、緊急配備が敷かれたが、佐田はその網に引っかからなかった。

富野は、係長と相棒の有沢にそのことを電話で知らせた。

「マジっすか」

電話の向こうの有沢が言った。

「おまえも三十路《みそじ》なんだ。その言葉遣いはなんとかしろ」

「すいません。取り調べ中に取り逃がしたんですか？　信じられませんね」

「ああ、まったく信じられない話だ」

「トミさん、今どこですか？」

「まだ署にいる。これから本部に戻る。被害者からは話を聞けたのか？」

「ええ、なんとか……」

「じゃあ、そっちに行く。病院で合流しよう」

「了解しました」

富野は、所轄署を出て、最寄りの駅に向かおうとした。そこで、気になる人物が眼に入った。

黒ずくめの男が、警察署の前でぼんやりとたたずんでいる。

黒いシャツに黒いスーツ。そして、黒いコートだ。前髪が長く、もう少しで眼を覆ってしまいそうだ。

細身で長身。年齢はよくわからない。

富野は、その男に呼びかけた。

「おい、鬼龍《きりゅう》」

その男は、茫洋《ぼうよう》とした顔を富野に向けた。

「やあ、富野さん。ご無沙汰してます」

「ご無沙汰でいいんだよ。おまえと関わるとろくでもないことが起きる」

「それは間違いでしょう」

「どういうことだ？」

「ろくでもないことが起きるから、俺が必要になるんじゃないですか？」

富野は、ふんと鼻を鳴らした。

この黒ずくめの男の名は、鬼龍光一《こういち》。お祓《はら》い師だか祈禱《きとう》師だか、まあそういう類《たぐい》のよくわからない仕事をしている。

いや、実のところ、それが仕事なのかどうかもわからない。

過去に何回か、事件絡みで、この男と関わったことがあった。……というか、有り体に言えば、助けてもらったのだ。

不可解な事件が起き、富野たち警察の力ではどうにも解決のしようがなかった。鬼龍たちが陰で事件を解決に導いてくれたのだ。

だから、彼は富野にとっては情報提供者であり協力者だ。

だが、こういう怪しげなやつに、どうしても丁寧に接する気にならなかった。

「どうしてこんなところにいるんだ?」

「富野さんこそ、どうしてここに?」

「ばかなこと訊くなよ。警察官が警察にいるのは当然のことじゃないか」

「でも、富野さんは、警視庁本部に勤めているんでしょう?」

「だからといって、本部庁舎だけで仕事をしているわけじゃないんだ。おい、質問にこたえろよ。どうして、ここにいるんだ?」

「仕事ですよ」

「お祓いの仕事か?」

「まあ、そうですね」

「どういうお祓いだ?」

「ええと……。俺たちにも守秘義務がありまして……」

「生意気なことを言うなよ。医者や弁護士じゃあるまいし……。俺たち警察官はな、その守秘義務って言葉が大嫌いなんだ」

「お祓いとか頼む人って、精神的に追い詰められている人が多いんですよ。つまり、それだけいろいろなトラブルをかかえているというわけで、そういうことは秘密にしなければならないんです。俺らも信用が大切ですからね」

「おまえの信用のことなど、知ったこっちゃない」

富野は、ふと気づいて言った。「まさか、おまえが祓おうとしているのは、佐田という中学生か？」

「へえ、警察は何でもお見通しなんですね」

「佐田は姿を消した」

「どうやら、そのようですね」

「行き先に心当たりがあるのか？」

「ありません」

「本当だな？」

「心当たりがあれば、こんなところでぐずぐずしてはいませんよ」

「とにかく、佐田は警察にはいない。ここにいても無駄だぞ」

「富野さん、どこに行かれるのですか？」

「どこだっていいだろう」

鬼龍光一は、小さく溜《た》め息をついた。

「俺たちの力が必要だって、わかっているくせに、どうしてそれを素直に認めようとしないんですか?」

「おまえたちを必要としているだって……」

そう言われて、富野は気づいた。

たしかに、取調室の中の雰囲気は尋常ではなかった。特に佐田の眼は、普通の中学生とはとても思えない、妙な光を放っていた。

鬼龍は、佐田を祓うと言っている。

つまり、ここで鬼龍と出会ったのは、偶然ではないということだ。富野の知らないところで、何かが起きている。

ここで鬼龍を拒絶するのは愚かな選択だ。彼が何かを知っていることは明らかだからだ。うまく利用したほうがいい。

富野は言った。

「これから、佐田に刺された被害者に会いに病院に行く」

「いっしょに行っていいですね?」

当然のようにそう言われると、断りたくなる。富野は、それを我慢した。

「勝手にしろ」

事件を通して何度か関わっているので、鬼龍光一の素性について、富野はだいたい把握していた。

鬼龍という姓は、実に奇妙だが、本名だそうだ。

鬼龍によると、別に珍しい姓ではないという。ただ、その字面があまりにおどろおどろしいので、時代を経るに従って「桐生《きりゅう》」などの文字に書き換えられたのだという。

彼は、代々『鬼道衆《きどうしゅう》』と呼ばれる一族で、本家筋なのだそうだ。鬼道というのは、卑弥呼《ひみこ》が駆使した術だという。

嘘か本当かわからない。だが、神道などが成立する以前からある祈禱法なのだろうと、富野は思っていた。

卑弥呼は、鬼道によって人心を掌握し、邪馬臺国《やまたいこく》を治めていたという。

鬼道というのは、中国から見たい方で、中国の人々から見て得体の知れない宗教的儀式をそう呼んだと言われている。

だから、その実態はよくわからない。卑弥呼がシャーマンであったというのが一般的な解釈で、だとしたら、鬼道はシャーマンとしての能力を発揮するための一連の儀式や祈禱のことなのだろうと、富野は考えていた。

それを直接継承している一族がいるとは思えない。

おそらく、自分たちの技術や様式に卑弥呼の鬼道の名前をいただいた、というに過ぎないのだろう。それは、民俗学的に見ても、珍しいことではない。

いずれにしても、鬼龍の家柄がおそろしく古いことは事実だろう。富野は、呪術《じゅじゅつ》だのお祓いだのといったものを信じてはいない。たいていのお祓い師のやることはまやかしだし、中には明らかな詐欺もある。

ただ、鬼龍はたしかにそうした物事に通じている。情報源としては重宝するのだ。

電車を降り、駅から出て、病院に向かって歩き出すと、鬼龍が言った。

「佐田は、どんな様子だったんです？」

思わず、「おまえにそんなことを教える義理はない」などと言いそうになったが、ここは鬼龍を利用するために冷静になるべきだと思った。

「眼が異様に光っていたな」

「それから？」

「なんだか、じいさんみたいなしゃべり方をしていた。ふざけているのかと思ったが、妙に貫禄《かんろく》があった……」

「なるほどね……」

「華奢なやつだったが、この俺がつかみかかったときに、吹っ飛ばされちまった。さらに所轄の少年係のやつらが、二人がかりで取り押さえようとしたんだが、それも振り払っちまった。術科で鍛えている警察官が三人がかりで制圧できなかったんだ。そして、廊下に出たと思ったら、たちまち姿が見えなくなっちまった。所轄のやつが、呆然《ぼうぜん》としてつぶやいていたよ。まるで、狐につままれたみたいだ、ってな……」

　鬼龍がかすかに笑みをもらしたのに気づいて、富野は言った。

「何がおかしいんだ？」

「その所轄の人は、的を射ていると思いましてね」

　富野は、眉をひそめた。

「どういうことだ？」

「富野さんだって、もう気づいているんでしょう？」

「狐憑《つ》きか？」

「ええ、そういう依頼でしたね」

「依頼？　誰からの依頼だ？」

「だから、守秘義務があるんだって言ってるでしょう」

「俺だって、警察内部の情報を外部のやつに洩《も》らしたらやばいんだよ。だけど、おまえに話している。そこんとこ、ちょっと考えてくれよ」

「佐田の様子を話すくらい、警察内部の情報とは言えないでしょう」

「取調室から逃走したときの様子を話したんだ。立派な内部情報だよ」

「え、取調室から逃げたんですか？」

「そう言わなかったか？」

「ただ、廊下に出たと思ったら、たちまち姿が見えなくなった、と……」

富野は舌打ちした。

「余計なことを言っちまった……」

鬼龍と話しているとつい、いろいろとしゃべらされてしまう。不思議な雰囲気を持っているのだ。

鬼龍がさらに話しかけてきた。

「依頼は、佐田の母親からでした」

「おまえ、広告でも出しているのか？」

「広告？」

「佐田の母親は、どうやっておまえのことを知ったんだ？」

「直接俺のところに依頼が来たわけじゃないんです。鬼道衆は、広範囲なネットワークを持っていましてね……。末端の衆人《しゅうと》のところに相談が行き、それが巡り巡って俺のところにやってきたというわけです」

「その末端の衆人というのは、何者だ？」

「えー、それも秘密なんだけどな……」

「俺にしゃべって、何か不都合があるのか？」

「ある有名な寺の住職なんですよ。これくらいで勘弁してください」

富野はびっくりした。

「寺の坊さんが鬼道衆だっていうのか？　坊さんというのは仏教徒だろう」

「鬼道というのは宗教ではありませんからね」

「じゃあ、何だ？」

「うーん、何でしょう。生まれたときから、その中にいるので、俺にも何だかわかりませんね……」

「やっぱり宗教なんじゃないのか？」

「違うと思いますよ。信仰の対象もないし……。強いていえば、修行法ですかね」

「まあ、鬼道のことはいい。つまり、なにか？　佐田は、狐に憑かれておかしくなり、クラスメートを刃物で刺したってことなのか？」

「そこが解せないんですよ」

「解せない……？」

「狐なんかの低級霊が憑いた場合、素行が極端に悪くなったり、獣のような振る舞いをしたり、人を驚かせたり、周囲に迷惑をかけたりするんですが、人に危害を加えるようなことは滅多《めった》にないんです」

富野は、戸惑っていた。

佐田が、クラスメートを刺したのは事実だ。そして、佐田の母親がどこかの寺の住職に相談したことも事実だろう。

だが、その先の話が受け容《い》れ難い。

狐憑きなどという話を信じるわけにはいかない。鬼龍のようなお祓い師の存在自体、うさんくさいと考えているのだ。

鬼龍は、淡々と日常の話をするかのように狐憑きの話をしている。彼にとっては、実際、日常の出来事なのだろう。

そこに強烈な違和感を覚える。誰だってそうだろう。良識ある大人が、真面目な顔で狐憑きの話をするのは、やはりちょっとおかしいと、富野は思う。

しかし、取調室の様子を思い出して、富野はさらに困惑するのだ。

佐田と向かい合って、たしかに普通ではないと感じた。それは否定できないのだ。

「佐田は、妙に貫禄があったんだ。それについてはどう思う？」

「たぶん、位の高い老狐が憑いているんでしょうね」

「ロウコ……？　年老いた狐のことか？」

「狐に限らず、猫なんかも年老いると霊力を持つと言われています」

「ばかばかしい。獣が霊力を持つのかよ」

「大自然の中で生きていくためにはいろいろな能力が必要です。霊力もその一つかもしれません。もともとは人間にも備わっていた能力なのでしょうが、いつしか失われたのだと考えることもできます」

鬼龍の説明を聞いていると、つい納得してしまいそうになる。

「ふん、老狐ね……」

「しかし、そうなるとますますわからない……」

「何が？」

「位の高い老狐が、誰かに危害を加えようとするなんて、ちょっと考えられないんです」

「狐にもいろいろいるんだろうよ。気の短いやつだっているだろう」

「富野さんは、本人から話を聞いたんですよね？」

「ああ」

「どうして相手を傷つけたか……。それについて、何か言っていませんでしたか？」

「邪魔したから懲らしめたと言っていたな」

「邪魔をした……」

「被害者が佐田に何をしたか、それをこれから聞き出すつもりだ」

「あの……」

「何だ？」

「病院、ここじゃないんですか？」

「あ……？」

あれこれ考えていたので、つい通り過ぎそうになっていた。富野は、救急病院の玄関に向かった。

入院病棟の廊下を進んでいると、有沢の姿が眼に入った。彼は、手を挙げた。

「どんな様子なんだ？」

「処置室から一般病棟に移されました。傷はたいしたことはないのですが、刺されたことのショックが大きいようですね」

有沢は、こたえながら、鬼龍のことを気にしている様子だった。

富野は紹介した。

「彼は、鬼龍光一。協力者だ」

「協力者……」

「おまえと組む前からの知り合いでな。まあ、言ってみれば情報源というやつだ」

鬼龍が言った。

「よろしくお願いします」

有沢が釈然としない顔でこたえる。

「はあ、こちらこそ……」

鬼龍の正体がつかめないので、訝《いぶか》っているのだ。説明してやってもいいが、当然、何のためにお祓い師が病室で同席するのか、と質問されるだろう。それが面倒《めんどう》なので、黙っていることにした。

「被害者の氏名は？」

「石村健治《いしむらけんじ》」

「話は聞けるのか？」

富野が尋ねると、有沢がこたえた。

「ええ、今は薬のおかげか、かなり落ち着いているようです」

「会ってみよう」

富野は、病室に入った。個室だった。事件の関係者ということで、病院が気を遣ったのだろうか。あるいは、自宅が金持ちで個室を要求したのかもしれない。

中年女性が付き添っていた。尋ねると、被害者の母親だとこたえた。

富野は、母親に言った。

「ちょっと、お話をうかがっていいですか？」

「ええ、どうぞ」

「ええと……、息子さんとだけ、話がしたいのですが……」

母親は、一瞬、抗議の姿勢を見せたが、結局何も言わずに病室を出て行った。

石村健治は、もやしのような少年だった。色白でひょろりとしている。眼鏡をかけており、一目見てガリ勉タイプだとわかる。

こいつが、佐田の何をどういうふうに邪魔したのだろう。

富野が尋ねた。

「石村健治君だね？」

「はい」

「君が佐田秀人君に、刃物で刺されたのは、間違いないね？」

「間違いありません」

「なぜ、刺されたんだ？」

石村は、眼をそらしてうつむいた。

「説明してくれないか？　君は佐田君に何かしたのか？」

石村は下を向いたままこたえない。

そのとき、鬼龍がつぶやいた。

「なるほどねえ……」

富野は、鬼龍を見た。

彼は、石村の右手の甲を見つめていた。富野もすでに気づいていた。

石村の手の甲には、油性マジックか何かで記された落書きのようなものがあった。

「犬」という漢字に見えた。

何が「なるほど」なのだろう。まずは、鬼龍に尋ねなければいけないと、富野は思った。

3

富野が質問するよりも早く、鬼龍が石村に言った。

「狐除之法《こじょのほう》だね」

石村は、はっとした様子で自分の手の甲を見た。それから、意外そうな顔で鬼龍の顔を見た。

富野は鬼龍に尋ねた。

「何だ、そのコジョノホウってのは」

「狐憑きの除霊をする方法です。いろいろな方法がありますが、これは、狐除之札を使うやり方ですね。基本的には九字を使うのですが、狐の霊を逃がさぬように、犬の字を書いて四方を包囲します。彼の手の甲に書かれた犬の字は、狐除之法をやった名残でしょう」

石村は、相変わらず不思議そうな顔で鬼龍を見ている。

富野は言った。

「何でそんなことを知ってるんだ、と言いたげだな。彼は、そういうことの専門家なんだ」

石村が富野を見て言った。

「そういうことって……？」

「そういうことだよ」

「なるほどね……」

鬼龍が独り言のように言った。「それで、老狐は腹を立てたというわけだ」

富野が鬼龍に尋ねる。

「何のことだ？」

「この少年は、狐憑きを取り押さえようとしたようです。除霊を試みるつもりだったのでしょう。老狐は、それに腹を立てたのでしょう」

たしか、佐田秀人は、「今、実に居心地がいい」とか、「若さというのは、いいものだ」とか言っていた。そして、「それを邪魔しようとした」と。

その言葉と、鬼龍の説明は、辻褄《つじつま》が合っているとも言える。

だが、待てよと、富野は思った。

鬼龍は、さも常識のように語っているが、狐憑きだの除霊だのという話を真に受けるわけにはいかない。

富野は、石村に尋ねた。

「君は、本当にこの男が言っているようなことをやろうとしたのか？」

石村は、迷っている様子だった。しばらく無言で考えている。富野は、もう一度尋ねた。

「どうなんだ？　狐憑きの除霊をしようとしたのか？」

「妙な話だと思いますよね。でも、僕はそれしかないと思ったんです」

「どういうことなのか、説明してくれないか」

「どういうことって……。つまり……」

言い淀《よど》んでいる。

富野は言った。

「俺は、本当のことが知りたいだけだ。どんな突拍子もない話だろうが、もし、それが真実だったら、俺は信じる。そして、この鬼龍という男が、その手助けをしてくれる」

石村は、それでも話しだそうとしない。富野は、待つことにした。

しばらく沈黙の時間が流れた。

やがて石村は、うつむいたまま、話しはじめた。

「佐田君がおかしくなったのは、一週間くらい前のことです。最初は、ふざけているだけかと思いました。でも、本当におかしいんだと思い、僕は何とかしなければならないと思ったんです」

「それで、除霊を思いついた、というわけか？」

「それしかないと思ったんです」

「狐除之法とやらは、どこで覚えたんだ？」

「本やネットで調べました」

「本やネット……？　そんな付け焼き刃で役に立つと思ったのか？」

「ちゃんとやれば、何とかなると思ったんです」

「その結果、刺されたわけか……」

「はい……」

鬼龍が言った。

「本やネットをばかにはできませんよ。正確に作った護符はそれなりに効力を発揮します」

「それについては、後で聞くよ」

富野は、鬼龍にそう言ってから、石村に質問した。「君は、佐田君と仲がよかったのか？」

「仲がよかったというか……。SNSで、時折、やり取りをしていました」

「SNSか……。今どきの中学生は、そういうもんなんだろうな」

SNSの世界でも、いじめがあるという時代だ。富野たちの世代も、もちろんSNSを多用する者は多いが、それほど依存度は高くはない。

若い世代ほど、そういう世界にどっぷりはまってしまうようだ。中には、明らかに中毒といえる者もいるらしい。

「じゃあ、特に仲がよかったというわけじゃないんだね？」

石村は、困惑した表情を浮かべた。

「ええと……。仲が悪かったわけじゃないんで、よかったということなんでしょうか……。というか、仲がいいとか悪いとか、よくわかんないんです」

最近の少年は、似たようなことを言うやつが多い。

他人と仲よくするというのがどういうことかよくわからないというのだ。人と人との付き合いを実感できないのかもしれない。

一方で、過剰に仲のいい友達を求める者たちもいる。SNSで、書き込みにすぐコメントをつけなかったり、すぐに返信をしないと、ひどく腹を立てたりもするらしい。

富野だって、まだ三十五歳なので、比較的若い世代に入る。だが、そんな富野から見ても、今の中学生はちょっと歪《ゆが》んでいるように感じられる。

理解できないテクノロジーを使いこなす世代は、不気味に見えるものだ。コンピュータやスマートフォンで、ネットを駆使し、ゲームにはまっている連中を見ると、やはり何だか違和感を覚えるのだ。

そして、新しい技術は次々に開発される。そういうものをいち早く受け容れるのは、やはり若い世代、特に子供たちなのだ。

生まれたときからメールがあり、ネットゲームがある世代は、富野から見ても理解しがたいものがある。

「それほど仲がよかったというわけじゃないと、解釈してもいいのかな？」

「ええ、まあ、普通だったと思います」

普通って何だよ、普通って……。

富野は、そう考えてしまう。仲がいいか悪いかのどちらかだろう。普通という言い方はよく理解できない。

たぶん、普段はほとんど話などしなかったのではないだろうか。唯一のコミュニケーション手段が、SNSだったに違いない。

「その普通の付き合いでしかなかった佐田秀人君の様子がおかしいからといって、どうして君がお祓いをしようなんて考えたんだ？」

「それは……」

石村は眼を伏せた。

「何だ？　隠し事をしても、いずれわかるんだ。正直に言ったほうがいい」

石村はうつむいたまま言った。

「食い物を持ってこいとか、いろいろ言うようになったんです」

鬼龍が言う。

「ははあ……。侍者《じしゃ》に選ばれたわけだな？」

富野は尋ねた。

「ジシャ？」

「侍《はべ》る者と書いて、侍者です。つまり、召使いみたいなもんですな。老狐などが取り憑いた場合、自分が偉いと思っているものだから、召使いが必要になります」

富野は、石村に尋ねた。

「いろいろ言うようになったって、具体的にはどんなことをだ？」

「学校の休み時間に、食い物を持ってこいとか、酒を持ってこいとか……。あるいは、誰かが持っている物を、盗《と》ってこいとか……」

「断るとどうなるんだ？」

「ひどいことを言われたり、時には殴られたりしました」

「いじめじゃないか」

富野は、首を傾げた。「親や先生に相談しなかったのか？」

「なんだか、怖くて相談できませんでした。それに、先生や親に言っても解決できそうにないと思いましたし……」

「大人に相談してもだめだと思ったから、自分でお祓いをしようと思ったわけか？」

石村は、しばらくこたえを探している様子だった。やがて彼は言った。

「たぶん、そういうことだと思います」

富野は、小さく溜め息をついてから言った。

「佐田秀人君が、警察から逃げ出して、姿をくらました」

とたんに、石村は恐怖の表情を浮かべた。

「佐田は怒っているので、ここに来るかもしれません」

「そうなると好都合なんだがな……」

「好都合？」

「そう。佐田君の身柄を押さえることができる」

石村は、おろおろとしながら言った。

「今の佐田は、簡単に捕まったりしません」

「どうしてだ？　狐が憑いているからか？」

石村は即答しなかった。

「そうとしか考えられないんです」

鬼龍が言った。

「君が考えたことは正しい。ただし、やり方を間違った。専門家に任せるべきだったんだ」

「専門家って、お祓い師とか……？」

「そう。俺のような腕のいい専門家にね」

「でも、どうやって連絡を取ったらいいのかわかりませんでした」

富野は、鬼龍に言った。

「そして、腕のいい専門家であるおまえは佐田に逃げられた」

鬼龍は泰然として言った。

「逃げられたのは、警察でしょう」

富野は、その言葉を無視して、石村に質問を続けた。

「どこか、佐田君が行きそうな場所に心当たりはないか？」

「普通に自宅に戻っているんじゃないですか？」

「自宅に……？」

「そうです。たぶん、今の佐田には、僕たちの常識は通用しないんです。自分が悪いことをしているなんて、思ってもいないでしょう」

富野は鬼龍を見た。

「どう思う？」

「的を射ていると思いますよ」

富野は、病室のスライドドアを開け、廊下にいる有沢に言った。

「所轄に連絡して、佐田の自宅に捜査員を向かわせろ。そして、ここの見張りに人を寄こすように言ってくれ」

「了解しました」

再び病室の扉を閉めると、富野は石村に言った。

「ここに見張りをつけるから、安心して休むんだ。佐田君は必ず捕まえる」

石村は、不安気にうなずいた。

見張りの警察官が所轄署からやってくるまで、有沢をその場に残すことにした。

「じゃあ、俺は佐田の自宅に行ってみる」

鬼龍が言った。

「俺もいっしょに行きましょう」

「おまえは、必要ない」

「いいえ、俺こそが必要なはずです」

富野は、しばらく鬼龍を睨《にら》んでいたが、彼が言っていることが正しいことは、すでにわかっていた。

「勝手にすればいい」

富野は最寄りの駅に向かった。


佐田の自宅は、世田谷区成城《せいじょう》の一軒家だった。高級住宅街の邸宅だ。

富野は、鬼龍に尋ねた。

「おまえは、ここに来たことがあるんだろう?」

「いいえ、初めてです」

「母親から依頼を受けたんじゃないのか?」

「依頼主が、外で会いたいと言いましたので……」

富野がポーチに立っていると、二人組の男たちが近づいてきた。二人とも地味な背広姿だ。どちらも顔見知りだ。所轄の成城署の捜査員だ。

たしか、年上のほうが、楢崎《ならさき》。若い方が、河本《かわもと》だ。

楢崎が富野に言った。

「あんた、何をする気だ？」

「佐田が帰宅しているかどうか、確かめる」

「帰宅しているだって？　ばかな……。どこかに逃走しているだろう」

「おたくら、いつから張り付いている？」

「十分ほど前からだ」

「その間に、佐田の姿は見ていないんだな？」

「見ていたら、こんなところでのんびりはしてないよ」

富野はうなずき、インターホンのボタンを押した。家の中でチャイムが鳴るのがかすかに聞こえる。

楢崎が富野に言った。

「おい、俺たちはどうすればいいんだ？」

「外で待っていてくれ。もし、佐田がいて、身柄確保できたら、そっちに身柄を渡す」

「わかった」

楢崎と河本は、富野から離れていった。二人とも、鬼龍のことを尋ねようとしなかった。警視庁本部の捜査員だとでも思ったのだろうか。

いずれにしろ、富野といっしょにいるのだから、怪しい人物ではないと判断したに違いない。

本当は、充分に怪しいのだが……。

インターホンから返事がある。

「はい……」

中年女性の声だ。佐田秀人の母親だろう。

富野が返事をしようとすると、それを制して、鬼龍が言った。

「お祓い師の鬼龍です。息子さんが戻られているのではないかと思い、訪ねて参りました」

「あ、はい……。少々お待ちください」

富野は、鬼龍に言った。

「出しゃばるんじゃないよ」

鬼龍は、まったく平気な様子でこたえた。

「このほうが、事がスムーズに運ぶんじゃないですか？」

玄関のドアが開き、不安げな中年女性が顔を出した。いや、不安げというのはきわめてひかえめな言い方だ。彼女の顔には、明らかに恐怖が見て取れた。

「鬼龍先生……」

「息子さんは、ご在宅ですか?」

「ええ、部屋におります」

鬼龍が富野の顔を見た。富野は、うなずいた。

鬼龍が言った。

「では、様子を見ましょう」

佐田の母親は、富野をちらりと見たが、何も言わなかった。すべてを鬼龍に任せたという感じだ。

玄関で靴を脱ぐとき、富野は言った。

「鬼龍先生だって?」

「そう呼ぶ人は多いですよ」

佐田秀人がいるのは、玄関から入ってすぐの部屋だ。そこが彼の部屋らしい。鬼龍がノックすると、佐田の声が聞こえてきた。

「何の用だ?」

鬼龍がこたえた。

「お願いがございます」

「頼み事だと?」

しばらく間がある。「いいだろう。入るがいい」

鬼龍が佐田秀人の母親に言った。

「お母さんは、部屋の外にいてください。何があっても部屋に入ったり、覗《のぞ》いたりしないでください。ドアは閉じたままで……。いいですね？」

母親はすっかり、鬼龍の言うがままだ。

「はい」

そう言うと、廊下にたたずみ、鬼龍を見つめている。

富野は言った。

「俺はいっしょに入るぞ」

「ご自由に……」

鬼龍がドアを開けて、部屋の中に入った。

「何だ、この臭いは……」

獣がいるような異臭がする。鬼龍は、富野にはかまわずに、佐田を見つめて言った。

「鬼龍と申します」

佐田は、ベッドの上であぐらをかいていた。寝具はひどく乱れている。

佐田が富野を見て言った。

「おまえのことは覚えておるぞ」

「そいつは、どうも」

佐田は、鬼龍に視線を移した。そのとたんに、それまで余裕たっぷりだった態度が変化した。

眉間《みけん》にしわを刻み、鬼龍を見据える。

「おまえは、何者だ？」

「先ほど名乗りました。鬼龍と申します」

「何しにやってきた？」

佐田が怯《おび》えているように見える。

鬼龍が言った。

「そこを出て行っていただけるよう、お願いに参りました」

「おまえも、わしの邪魔をしようというのか？　ならば、許さんぞ」

「頼みを聞いてもらえませんか？」

「聞けるわけがなかろう。ここは居心地がよい」

「では、いたしかたありませんね」

鬼龍は、右手を掲げた。人差し指と中指だけを伸ばしている。

その二本の指で、宙に線を描きはじめた。

横、縦、横、縦……。最後に斜めで計九回。

九字を切っているのだ。

何事かつぶやいている。

九字といえば、「臨兵闘者皆陳列在前《りんぴょうとうしゃかいぢんれつざいぜん》」の九文字が有名で、富野もそれは知っている。

たしか、密教系で使用するのがその九文字だ。

だが、鬼龍がつぶやいているのは違う言葉のようだ。

「ヒ・フ・ミ・ヨ・イ・ム・ナ・ヤ・ココノ」と聞こえる。

どうやら、数字のようだ。

あぐらをかいていた佐田が、苦しげな表情を浮かべたかと思うと、うめくように言った。

「やめろ。やめないか……」

鬼龍は、さらに続ける。

「ヒ・フ・ミ・ヨ・イ・ム・ナ・ヤ・ココノ・タリ」

今度は、十で、宙に点を打つように、二本指を突き出した。

「ひ……」

佐田は、頭をかかえてベッドの上で丸くなった。

鬼龍は、近づき、その背中に右手を触れた。

「出て行け」

佐田は、ベッドの上で苦悶《くもん》の表情で暴れはじめた。鬼龍は、まったく慌てず、今度は両手で背中を押さえて、再び言った。

「出て行け」

佐田が海老《えび》ぞりになった。そのまましばらく身動きをしない。

その間富野は、ただ見ていることしかできなかった。

やがて、佐田の体からぐったりと力が抜けた。うつぶせに倒れている。

鬼龍は、その背中を右てのひらで、ばん、ばん、ばんと三回打った。そして、佐田から離れた。

富野は、鬼龍に尋ねた。

「どうなったんだ？」

鬼龍は、いつもの飄々《ひょうひょう》とした口調でこたえた。

「終わりましたよ」

「終わった……？」

富野は、佐田に眼を戻す。

うつぶせだった佐田が、ゆっくりと上半身を起こした。

ぼうっとした顔をしている。彼は、富野と鬼龍を交互に見て、不思議そうな顔になった。

「……何ですか……？」

鬼龍は、富野に言った。

「後は任せますよ」

彼は、佐田の部屋を出て行った。

4

鬼龍には、まだまだ訊《き》きたいことがあった。だが、今は佐田の確保が先決だ。

異臭の正体は、ベッドの上の寝具に染みこんだ小便だと気づいた。佐田は自分がいるベッドの上に小便を撒《ま》き散らしていたらしい。

富野は、佐田の腕をつかんで立たせた。

「さあ、警察署に戻るぞ」

「え……？　警察……。それ、何のことですか？」

取調室にいたときとは、まるで別人のようだ。どうしていいかわからない、といった様子で、富野を見つめている。

「おまえは、石村を刃物で刺して、警察に捕まっていたんだよ」

佐田は、ぽかんとした顔で富野を眺めていた。

「石村を刺したですって……。それ、いったい、何の話です？」

「いいから、いっしょに来るんだ」

富野は、佐田の腕を引っぱった。また、振り飛ばされるかと思って警戒していた。だが、そんなことはなかった。佐田は、ひ弱な少年でしかなかった。

引っぱられるままにベッドから下りて、立ち上がった。

「あの……」

「何だ？」

「着替えていいですか？」

ベッドの上に撒き散らした小便が、衣類にも染みついているようだ。被疑者の身柄確保の際に、そんなことを許している余裕はない。

どんな恰好《かっこう》をしていようが、そのまま身柄を署や本部に運ぶ。

取調室での佐田の様子を思い出すと、油断はできない。いつ豹変《ひょうへん》するかわからないのだ。

だが、鬼龍は「終わりました」と言った。つまり、除霊が終わったということだろう。

富野は、狐憑《つ》きだの霊障だのというものを信じているわけではない。鬼龍の言うことだって、まともに受け取ってはいないのだ。

しかし、佐田の様子がまったく変わってしまったことも事実だ。これが演技だとしたら、たいへんなものだ。

考えた末に、富野は言った。

「いいだろう。ただし、俺の目の前で着替えるんだ」

「わかりました」

佐田は、簞笥《たんす》から衣類を出して着替えはじめた。その裸の背中に眼をやったとき、富野は思わず眉《まゆ》をひそめた。

「おい」

「はい……」

「その背中のアザは何だ？」

佐田はこたえずに、Ｔシャツを着てしまった。

「待てよ」

富野は言って、Ｔシャツをめくり、背中を見た。いくつもの赤黒いアザができている。明らかに殴打された跡だ。

背中だけでなく、脇腹や二の腕にもついている。

富野は尋ねた。

「誰にやられた？」

佐田は、怯《おび》えた顔になった。顔色が一気に青くなった。

よほど殴られた相手を恐れている様子だ。

「両親のどちらかか？」

佐田は、ぶるぶるとかぶりを振った。

「両親じゃありません」

「じゃあ、誰なんだ？」

佐田は、色を失った顔で富野を見つめて言った。

「それを言ったら、何をされるかわかりません」

「だから、誰にだ？」

佐田は、眼を伏せた。いじめにあっている少年によくあるパターンだ。相手の名前を言うと、それを理由にまたいじめられるかもしれない。そうなることを恐れているのだ。

だが、佐田の怯え方は尋常ではなかった。

緊張のために汗すらかきはじめている。

富野は言った。

「これから君は、警察に行く。いろいろと事情を聴くためだが、警察にいる間は、君は安全なんだ。わかるな？　だから、俺たちを信じて、誰にやられたのか教えてくれ」

佐田は、富野に嚙《か》みつくように言った。

「安全なんて、信じられません。どこにいたって安全なんかじゃないんだ。こうして僕は、警察に捕まってしまったわけだし……」

富野は、再び眉をひそめた。

「ちょっと待てよ……。まさか、石村のことを言っているのか？」

佐田の眼に、再び恐怖が色濃く浮かんだ。富野は、さらに言った。

「石村にいじめられていたということか？　その仕返しで刺したのか？」

佐田は、首を激しく横に振る。

「そうじゃありません。そんなに単純なことじゃないんです」

「どういうことなんだ。説明してくれ」

「どうせ、話しても信じてくれないし……」

その言葉の意味するところは、すぐに理解できた。

「俺といっしょに来た鬼龍はな、お祓《はら》いだの除霊だのの専門家だ。だから、安心して話してくれ」

佐田は、それでもこたえようとしない。富野は言った。

「あいにく、俺はそんなに気が長いほうじゃなくてな……。警察に行ったら、狐憑きやお祓いの話なんて、誰も聞いてくれないぞ。そんな話をしたら、ふざけていると思われて、きつい処分が待っているかもしれない。だから、話すなら今のうちだ。わかるな？」

佐田はようやく話しはじめた。

「刑事さんが今言ったとおり、狐憑きだと思います」

「君が狐に憑かれたんだろう？　それで部屋をこんなにしたり……」

佐田がまた、かぶりを振った。

「違います。僕は、石村に操られて、あいつがやるようなことをやらされていたんです」

「何だって……？」

　富野は一瞬、こんがらかりそうになった。「待て待て。狐に憑かれたおまえを、石村が祓おうとした。そして、おまえが腹を立てて石村を刺した……。そうなんだろう？」

「逆です。石村が十日前くらいから、なんだかおかしくなったんです」

「おかしくなったって、具体的にはどういうふうに？」

「時代劇のじいさんのような話し方をするようになって、いろいろなことを僕に命令するんです。できない、と僕が言うと、ひどく殴ったり蹴《け》ったりするんです。それも、モップなんかを使って……」

「そのアザは、その時のものか？」

「そうです。だから、僕は、いろいろと調べて、石村に憑いている狐を祓おうとしたんです」

「どうやって……？」

「魔切りの法というのがあって、九字を切るんです」

「それは知っている。さっき、鬼龍がおまえにやったことだ」

「そして、石村がひるんだところで、追い出すために、手の甲に犬の字を書きました。本当は、両手両足の甲に書かなければならないんですが、右手に書いたところで、反撃にあいました。石村は、自分がやっているように振る舞うように、僕に呪《じゅ》をかけたんです」

「シュ……？」

「呪いという字を書いて、シュと読みます。それから僕は、意識がはっきりしませんでした。なんだか、半分夢を見ているようで……」

「石村を刺したのを覚えているか？」

「夢の中で見た。そんな感じです。覚えているとは言えません」

「しかし、おまえの言っていることが本当だとしたら、どうして石村はおまえに、自分を刃物で刺させたのだろう……」

「僕を懲らしめるためです。同級生を刺したとなれば、警察に捕まるし、罰を受けるかもしれないでしょう？」

「罰というより、処分だな……。だが、なんでそんなまどろっこしいことを……」

「そういうことをやって楽しんでいるんです。ゲームを楽しんでいるようなものです。事実、みんなは石村にだまされている。それがあいつは楽しいんです」

「話はなんとなくわかった。着替えを急げ」

富野は、携帯電話を取り出して、有沢にかけた。

「はい、有沢」

「石村はおとなしくしているか？」

「ええ、問題ありません。それより……」

「どうした？」

「変な人が、石村に会わせろって言ってるんですが……」

「変な人……？」

「なんだか、全身真っ白な人なんですよ。着ているのは、詰め襟みたいなスーツで……。

マオカラーとかいうんでしたっけ……。それも真っ白。おまけに、髪も真っ白なんです。

まだ若いんで、銀髪に染めているのかもしれませんが……」

「ああ……」

富野は言った。「そいつなら、たぶん知っているやつだ。安倍孝景《あべたかかげ》というんだ」

「どうします？　追っ払いますか？」

富野は、考えた。

「いや、病室に通してやってくれ」

「いいんですか？」

「俺もすぐに行く」

安倍孝景は、鬼龍の同業者だ。

もともとは、同じ系統だという。鬼龍が『鬼道衆』と名乗るのに対して、安倍孝景は
『奥州勢《おうしゅうせい》』と呼ばれているらしい。

この際、お祓い師だろうが祈禱師《きとう》だろうが、何でもいい。利用できるやつは利用する。

もし、佐田が言っていることが本当なら、石村は早晩病院を逃げ出すかもしれない。

電話を切ると、着替え終わった佐田を連れて部屋を出た。母親が廊下にたたずんでい

た。おそらく、ずっと同じところに立っていたのだろうと、富野は思った。

「これから、息子さんを警察署に連れて行きます」

「あなたは、鬼龍さんのお手伝いか何かじゃなかったんですか？」

「警視庁少年事件課の警察官です」

それを聞くと、母親は、驚いたように富野を見た。

「警察官……？」

「そうです」

「鬼龍さんは出て行かれましたが、どうなったのでしょう……」

「だいじょうぶ。鬼龍の仕事は終わりました。もう心配はいらないでしょう」

それを聞くと、母親は、怪訝《けげん》な顔をした。

「あなたは、警察の方なんですよね……？」

「はい。でも、鬼龍とは古い付き合いでしてね」

「そうでしたか……」

「まあ、幸い被害者の傷は浅いですし、初犯です。何より、石村君からいじめられていたという事実がありそうなので、それほど重い処分にはならないと思いますよ」

それを聞いて、母親はほっとした表情になった。

「付き添ってもいいですか？」

「どうぞ」

富野は、玄関から出ると、成城署の捜査員たちを手招きで呼び寄せ、佐田と母親のことを任せた。

そして、石村がいる病院へ急いだ。

石村の病室にやってくると、大騒ぎになっていた。

地域課の係員が何人も駆けつけており、病室に出入りしていた。病室の中から、何やらわめき声が聞こえている。

有沢が、病室の戸口に立ち、中を見つめていた。富野は近づき、尋ねた。

「どうしたんだ？」

「あ、トミさん。あの白いのが、いきなり被害者につかみかかったんです」

富野は、思わず舌打ちをしていた。

病室の中で、わめいているのは安倍孝景だった。鬼龍とは対照的で、着ている服も白いし、髪の毛も白い。いや、さきほど有沢が言ったように銀色に染めているのかもしれない。

「放せ。おまえら、何にもわかってないんだ。今手を打たないと、取り返しがつかないことになるぞ」

安倍孝景は、三人の地域課係員に取り押さえられていた。

富野は有沢に尋ねた。

「それで、石村はどこだ？」

「石村……。あれ……」

有沢は周囲を見回した。「そのへんにいませんか？　とにかく、あの白いのが被害者につかみかかったので、それを引きはがそうとしました。すごい力だったので、見張りに来ていた地域課の人に応援を呼んでもらって、ようやく取り押さえたんです。石村は、その隙に病室の外に逃げたんだと思いますけど……」

「安倍に気を取られている間に、姿を消したということか？」

「怖くてどこかに隠れているんじゃないでしょうかね？」

「だといいがな……」

「え、どういうことです？」

孝景はまだわめいている。

冨野は、地域課係員たちに言った。

「いいから、放してやれ。そいつは、俺の知り合いだ」

巡査部長の階級章をつけている四十歳くらいの地域課係員が言った。

「あんた、誰だ？」

「警視庁少年事件課、冨野」

「あんたの知り合いだって？」

「そうだ」

「傷害事件の被害者に、いきなりつかみかかったそうじゃないか」

「まだ、逆送されていないので、傷害事件じゃない」

「刃物で傷を負っていたのは確かだろう」

「いろいろ事情があるんだ。放してやってくれ」

巡査部長は、他の二人と顔を見合ってから言った。

「手を離せ」

身体の自由を取り戻した孝景は、さらに勢いづいた。

「あんたら、何やってんだよ。あいつをどこに逃がした」

富野が孝景に言った。

「そう吠《ほ》えるなよ。おまえたちのやっていることは、なかなか一般じゃ理解されないんだよ」

「あ、富野じゃねえか。あんたがいて、どうして石村を逃がしたりしたんだ」

有沢が富野に尋ねる。

「あんたがいてって……。どういう意味ですか？」

「いいから、こいつの言うことは気にしないでくれ」

孝景がさらに言う。

「鬼龍もここに来たそうだな？」

「ああ。俺といっしょに来た」

「なのに、どうして石村を祓わなかったんだ？」

制服を着た地域課の連中が、怪訝な顔で富野と孝景のやり取りを見つめている。有沢も同様だった。

富野は地域課係員たちに言った。

「被害者石村の姿が見えない。捜してもらえないか？」

巡査部長が、初めてそれに気づいたように言った。

「誰かが保護したんじゃないのか？」

有沢が、首を横に振った。

「誰も保護はしていませんよ」

富野は、地域課係員たちと有沢に言った。

「すぐに石村を捜してくれ。署に連絡して、応援を呼ぶんだ」

有沢が言った。

「そいつはいいんですか？　また被害者に襲いかかったりしませんか？　署に連行しましょうか？」

「こいつについては、俺に任せてくれ。さあ、被害者を頼む」

有沢と地域課係員たちが病室を離れていった。

富野は、孝景に言った。

「石村は、あくまでも被害者だったんだ。だから、俺たちの注意は石村を刺した佐田のほうに向いていた」

「ばっかじゃないの？　石村を一目見ればわかるじゃないか」

「普通の人にはわからないよ」

「鬼龍がいっしょだったんだろう？　それにあんたにだってわかったはずだ」

「おまえは、いつも俺にそう言うが、俺には特別な力などない。それに第一、お祓いだの除霊だの祈禱だのというやつを、俺はまったく信じていない」

「先祖が泣くぞ。トミ氏の末裔《まつえい》といえば、大国主《おおくにぬし》の血統だぞ。奥州安倍氏、つまり俺たちとも関係が深い。奥州安倍氏の祖は、トミノナガスネ彦《ひこ》の兄さんであるトミノアビ彦だからな」

そういう話にも興味はなかった。自分自身にも家族にも親戚《しんせき》にも、特別な能力もなければ、変わった宗教儀式もない。

富野は言った。

「石村が佐田をいじめていたらしい」

「ただのいじめじゃねえよ。操っていやがったんだ。みんな、それにまんまと騙《だま》されたってわけだ。まったく、鬼龍もどうかしてるぜ。祓う側の手に呪符《じゅふ》を描くわけねえだろう。祓う対象に描くもんだろう」

「あの犬の字か？」

「そうだよ」

「おまえは、どうしてここにやってきたんだ？」

急に口ごもった。

「いや、それは……」

「何だよ」

孝景は開き直ったように言った。

「鬼龍に言われたんだよ。俺は刃物で刺したほうを見に行くから、刺されたほうの様子を見に、病院に行けってな……」

富野は、つぶやいた。

「あの野郎……。知ってやがったのか……」

いずれにしろ、石村を見つけ、鬼龍ともう一度話をしなければならない。

富野は、そう思った。

5

富野と有沢は病院を出て、所轄の警察署に向かった。

姿を消した石村を探し出さなければならない。所轄の担当者たちと協力して行方を追うつもりだった。

「なあ、ちょっと待てよ」

背後から声をかけられた。安倍孝景だった。

富野は、立ち止まり、孝景に言った。

「何だ？」

「さっき、あんたが言ったことが気になってさ……」

「俺が何を言った？」

「あの野郎、知ってやがったのか……。あんたは、そう言った。それって、鬼龍のことだろう？」

「おまえには関係ない」

「関係あるさ。俺は、鬼龍に言われて石村に会いに来たんだ」

「鬼龍がおまえに仕事をさせようとしたんだな？」

「ふん、あいつの眼が節穴だってことだろう」

「どうかな……。いずれにしろ、佐田も祓う必要があった。石村に操られていたんだからな」

「自分で石村のほうを祓えばよかったんだ」

「あいつは、佐田の母親から依頼を受けていたんだ。それを無視することはできないだろう」

「依頼だって？　鬼道衆は、金儲《かねもう》けしてるのかよ？」

「金をもらったかどうかは知らん」

「侍者を自分で祓って、本命を俺に押しつけたってことだな？」

「ああ、おまえの実力を見込んでのことじゃないのか？」

ちょっと面倒《めんどう》臭いので、持ち上げてやった。だが、孝景は、そんなよいしょに乗るようなやつではなかった。

「ふん、あいつがそんなことを考えるタマかよ」

ひねくれているので、もともと他人が言うことを額面どおり受け取ろうとはしないのだ。

「とにかく、両方祓う必要があったことは確かだ。そして、おまえは祓うのに失敗して、石村を逃がしてしまった」

「ちょっと待てよ。俺が失敗した、だって？　あんたら警察が邪魔をしたんだ」

孝景は、悔しそうに言った。「邪魔さえされなければ、今頃すべて片づいているはずだ」

「そうかな……」

「そうなんだよ。それより、鬼龍が知ってたって、何を知っていたというんだ？」

「石村が本当の狐憑きだったってことをさ。だから、おまえに石村に会いに行くように言ったんだろう」

「それで、あいつは今どこで、何をしてるんだ？」

「俺は知らんよ。だが、もしかしたら……」

「もしかしたら、何だ？」

「石村が病院から逃げ出すのを見越して、このあたりで張っていたかもしれないな」

「なんだと……。じゃあ、今頃、あいつは石村を見つけているかもしれないんだな？」

「あくまでも、俺の想像だ。鬼龍と連絡を取ってみたらどうだ？」

「あんたこそ、石村を見つけたいんだろう？　鬼龍に電話でもしてみればいいじゃないか」

「俺はあいつの電話番号を知らない」

孝景は、舌を鳴らした。

それまで、呆然《ぼうぜん》と二人のやり取りを聞いていた有沢が言った。

「あのお……。質問していいですか？」

「だめだ」

富野は言った。「訊きたいことはわかっている」

「いや、そんなこと言わないで、質問させてください。祓うだの、狐憑きだのって、いったい、何のことです？」

富野は、顔をしかめた。

「聞いたとおりのことだよ」

「つまり、石村や佐田が、狐に憑かれていたということですか？」

孝景が言った。

「正確に言うと、憑かれていたのは石村だ。佐田は、侍者として操られていただけだ。狐や犬などの低級霊でも、あなどれない。老練なやつになると、それなりに強い霊力を発揮するので、他人を操るようなこともできるようになる」

富野は言った。

「今回の相手は、老狐《ろうこ》だと、鬼龍が言っていた」

有沢は、ぽかんとした顔で富野を見ていた。富野は有沢に言った。

「気持ちはわかるよ。俺だって、最初にこいつらに関わったときは、今のおまえみたいな顔をしていたと思う」

有沢が言う。

「あの……。それ、何かの冗談なんですよね……」

「冗談を言っているように見えるか？」

「じゃあ、ナンですか？　佐田が石村を刺したのは、狐の霊の仕業だということですか？」

孝景がそれにこたえた。

「だからさ、物事は正確に把握しようよ。老狐に憑かれたのは、石村だ。それに気づいて、佐田が祓おうとした。素人がよ……。そんなのできっこねえんだ。それに腹を立てた老狐は、佐田を操って石村を刺させた。もちろん、軽い怪我で済む程度に、な……。当然、佐田は警察に捕まって罰を受けることになる」

富野が言った。

「おまえこそ、物事は正確に言ってくれ。佐田が罰を受けるかどうかは、まだわからない。逆送されずに、保護観察処分や、それ以下で済むかもしれないんだ」

「ふん、警察に捕まったというだけで、社会的な罰を受けることになるんだよ」

有沢が言った。

「二人とも、本気で言ってるんですか？」

富野はこたえた。

「少なくとも、こいつは本気だよ。まあ、俺はまだ、狐憑きだのお祓いだのというのは、根っから信じているわけじゃない」

「いや、自分から見ると、富野さんも充分にそっち側の人ですよ」

「なんだよ、その『そっち側』っていうのは……」

「その白い人や、あの黒い人たちの側ってことです。自分にはとうていついていけそうもありません」

　すると、孝景が言った。

「そうなんだよ。トミ氏一族は、大国主の末裔だよ。出雲《いずも》神族の直系だ。俺たちみたいな力を持ってるはずなんだ」

「余計なことを言うな」

　富野は孝景に言った。「俺は、何の力も持っていない。ごくまっとうな一般人なんだよ」

　有沢が、しげしげと富野を見てつぶやいた。

「知らなかったなあ……」

「そういう眼で俺を見るな。俺は、普通だ。ただ、たまたまこいつらと関わりがあっただけのことだ」

「あの……」

「何だ？」

「鬼龍って黒い人に、早く連絡を取ったほうがいいんじゃないですか？」

「そうだったな……」

富野は、孝景に言った。「電話してみてくれ」

「なんだよ、俺は警察の犬じゃねえぞ」

「いいから、早くしてくれ」

「まったく……」

孝景は、ポケットからスマートフォンを取り出した。

お祓いだの呪いだのという世界にいながら、こいつはスマホを使っているのか。富野は、そんなことを考えながら、眺めていた。

「ああ、鬼龍か？　俺だ。今どこにいる？」

そして、相手の言葉に耳を傾ける。

「マジか？　すぐに行く」

電話を切ると、孝景が踵《きびす》を返した。

「待て」

富野は言った。「どうなってるんだ？」

「病院の裏手に公園がある。その脇に、小さなお稲荷《いなり》さんの祠《ほこら》があるそうだ。鬼龍と石村はそこにいる」

孝景が駆け出した。

「行くぞ」

富野は有沢に言った。

「所轄に知らせなくていいんですか？」

「まだだ」

富野は言った。「まだ早い」

たしかに公園の脇に、小さな祠があった。古く目立たない祠だ。白い皿とコップが置いてある。皿に油揚が載っているので、それが稲荷神社なのだとわかる。

地元に古くから住む者しか知らないだろう。稲荷神社には狛犬《こまいぬ》の代わりに、白い狐が置かれているが、それもない。

その祠の前に黒ずくめの男が立っていた。まるで、影のようだと、富野は思った。

息を切らした孝景が、鬼龍に尋ねた。

「石村はどこだ？」

「祠の向こう側に隠れている」

鬼龍は、そうこたえてから富野と有沢に気づいて言った。「おや、いっしょでしたか。ごくろうさまです」

富野は尋ねた。

「祓ったのか？」

「いえ、まだです」

「何をぐずぐずしている」

鬼龍に代わって、孝景がこたえた。

「お稲荷さんの祠が問題なんだよ」

「どうしてだ?」

その問いにこたえたのは、鬼龍だった。

「狐と言えば、お稲荷さんですからね。老狐は、稲荷神が自分を守ると思っているのです」

孝景が補足する。

「もともと、稲荷神社は狐とは何の関係もないんだけど、狐のやつが、自分は守られると信じていることが問題なんだ」

「稲荷神社が、狐と関係ないって?」

「もともとは、渡来人の秦《はた》一族が祀《まつ》った神社だ」

「その話は後だ」

鬼龍が孝景に言った。「やつは、稲荷神社を利用して結界を張った。その外におびき出さなけりゃならない」

「やっかいだな……」

富野は、奇妙な違和感を覚えていた。

住宅街にある夜の公園には、人影はない。だが、通行人がまったくいないわけではない。会社帰りらしい背広姿の男も通れば、若いカップルも通り過ぎている。

彼らは、ここにいる我々に、あまり関心を示さずに通り過ぎていく。

公園のすぐ近くには、一戸建ての民家やアパートらしい建物が並んでいる。窓に明かりがついている家が多い。

平穏な住宅街の光景だ。

鬼龍と孝景が、超自然的な存在に戦いを挑もうとしているなどと、誰も思わないだろう。

日常の中に紛れ込んだ非日常。もしかしたら、自分が知らないだけで、そういうことはいくらでもあるのではないか。

富野は、そんなことを感じていた。

「唐辛子を燻《いぶ》した煙で追い出すか。常套《じょうとう》手段だ」

「ばかを言うな。ここでそんなことをしたら、消防車を呼ばれてしまう」

「知ったことか。さっさと祓って逃げ出せばいいんだ」

「もっと、他に方法があるだろう」

有沢が苛立《いらだ》った様子で言った。

「結界なんてばかばかしい。俺が行って、とっ捕まえてきますよ。相手は中学生でしょう？」

孝景が言った。

「命が惜しくないようだな」

「命……？」

「そうだ。結界の中で、やつは力を増しているはずだ。あんたを取り殺すことくらいは、簡単にやってのけるだろう」

「取り殺すって……」

有沢は、鼻で笑った。「そんなこと、できるわけないだろう」

そうは言うものの、祠のほうに歩み出ようとはしない。信じてはいないが、気味が悪いのだろう。

まあ、人間はそんなものだ。普段信心とは関わりのない者でも、いざとなるとけっこう迷信深くなる。それが日本人の精神構造だ。

鬼龍が言った。

「狼の牙《きば》を持っているか？」

「待てよ。貴重品だぞ」

「こういう時に使わないでどうする。使ったあとで回収すればいいじゃないか」

孝景のしかめ面が街灯に照らし出された。

「しょうがねえなあ……」

「祠の裏手に回って、狼の牙を結界の中に放り込め」

「回って……。祠の裏手は、民家の敷地だろう」

たしかにそうだ。祠は切り立った斜面を背後に建てられており、その上には民家が建っている。

おそらく石村は、祠と斜面の間の狭い空間に潜んでいるのだろう。祠の裏側にぴったりと身を寄せているに違いない。

裏手に回ろうとすれば、斜面の上に建っている民家の敷地内に入り込むことになる。そうなれば、住居侵入の罪に問われかねない。

富野は言った。

「そういうときは、警察の力がものを言うな。おい、有沢。おまえ、孝景について行って、住民が何か言うようだったら、警察の捜査だと言え」

「え……」

有沢が目を丸くした。「いいんですか、そんなことをして……」

「いいに決まってるだろう。実際に、俺たちは、石村の身柄を確保するためにここに来てるんだ」

「え、身柄確保じゃなく、保護でしょう？　石村は、被害者なんだから……」

「どっちでもいいから、とにかく、行け」

これから鬼龍たちが何を始めるのかわからない。知ったことではないと、富野は思った。石村の身柄を押さえることができればそれでいい。

有沢が言ったとおり、石村はあくまでも傷害の被害者だ。鬼龍や孝景に言わせると、佐田を操って自分を刺させたということになるが、それを家裁の判事に納得させることは難しい。

狐憑きなんて話を、判事が真に受けるとは思えない。

まあ、揉《も》み合いになって、はずみで刺してしまったとか、佐田が少しでも有利になる状況を設定して、それを説明するしかないと、富野は考えた。

孝景が、公園の脇から斜面の上に建つ民家に向かう坂道を上っていった。有沢がそれについていく。

鬼龍は、祠の正面に立っている。

しばらくして、斜面の上に人影が見えた。孝景だろう。そこは、民家の裏庭か何かのはずだ。

その人影が、祠の裏手に何かを放った。

獣じみた悲鳴が聞こえた。

次の瞬間、祠の裏から白っぽい服を着た何かが飛び出してきた。

病院の治療着を着た石村だった。

鬼龍は、石村の前に立ちはだかり、右手の人差し指と中指で、宙に十字を描きはじめる。九字を切っているのだ。

その動作に合わせて、佐田の部屋のときと同じ言葉を発する。

「ヒ・フ・ミ・ヨ・イ・ム・ナ・ヤ・ココノ……」

石村が身をよじりはじめる。

鬼龍は、同じことを繰り返す。

そこに、孝景が戻って来た。

「生ぬるい。俺にやらせろ」

鬼龍は、九字を切り、同じ言葉を繰り返している。

孝景が、苦悶《くもん》している石村に近づく。左手で、石村の胸ぐらをつかんで身を起こさせる。次の瞬間、その腹に右の拳《こぶし》を叩《たた》き込んだ。

石村の全身が、真っ白に光ったように見えた。富野は、まぶしくて両手でその光を遮ろうとしていた。

鬼龍の声が止んだ。九字を切るのも止《や》めている。

石村が地面に崩れ落ちていく。孝景が、無言でそれを見下ろしていた。

富野は尋ねた。

「終わったのか？」

孝景がこたえた。

「ああ、済んだよ」

石村は倒れたまま動かない。

有沢が言った。

「ボディーに一発でKOでしたね」

富野は、怪訝に思って尋ねた。

「そういうふうにしか見えなかったのか？」

「え……？　だって、そうだったでしょう？」

「光とか見えなかったのか？」

「光？　何の光です？」

孝景が富野に言った。

「光が見えたのか？」

「見えたのかって、あんなにまぶしかったじゃないか」

「やっぱり、あんた、トミ氏の血を引いてるだけあるな」

「どういうことだ？」

「普通の人には、光なんて見えないんだ。あんた、霊視したんだよ」

「ばか言え。俺はおまえらと違って普通だよ」

そのとき、石村が身動きした。一同は彼に注目した。

もそもそと身じろぎしてから、上半身を起こした。

石村は、周囲を見回してから、不思議そうに言った。

「あの……、ここはどこですか？」

富野はこたえた。

「君は、病院を抜け出したんだ」

「病院……？　どうして病院に……？　ええと、あなたたち、誰です？」

孝景が言った。

「俺たちの役目は終わった。行こうぜ」

鬼龍がこたえた。

「そうだな」

二人は、さっさとその場から去って行った。

俺に挨拶《あいさつ》もなしかよ。富野は、そう心の中でつぶやいていた。

有沢が石村に言った。

「自分らは、警視庁の警察官だ。病院へ戻ろう。歩けるか？」

「ええ、だいじょうぶだと思いますが……」

石村が立ち上がろうとした。有沢がそれに手を貸した。

詳しく話を聞く必要がある。だが、それは明日でいい。石村を病院まで連れて行ったら、今日は帰って酒でも飲んで寝よう。

富野はそう思った。

とにかく、鬼龍や孝景と関わると、妙に疲れる。

6

面倒なことは所轄に任せて、ほおかむりをしたいと、富野は思っていた。

だが、そんなわけにはいかない。

石村は、まだ病院にいた。有沢と出かけていって、話を聞くことにした。

午前十時に病院に到着した。病室の前には、二名の地域課係員がいた。

石村は、なんだかぐったりしているように見えた。訊くと、昨夜はほとんど眠れなかったのだという。

「何が何だか、さっぱりわからないんです」

石村が青い顔でつぶやいた。富野は言った。

「わかっていることだけでいいから、教えてくれ」

「佐田が僕を刺したんでしょう?」

「覚えていないのか?」

「夢を見ていたような感じです。ところどころ覚えているんですが……」

「その、ところどころ覚えているということを話してくれ」

「実は、この十日間くらい、ずっと眠っていたような気分です。学校に行って、授業を受けていたときも、それがなんだか眠っている間に見た夢みたいな感じなんです」

「昨日、俺がここで、今と同じように話を聞いたんだが、覚えているか？」

石村は、驚いたように言った。

「いいえ、覚えていません」

「同じ質問をするから、こたえてくれ」

「はい」

「佐田君とは仲がよかったのか？」

「そうですね。どちらかといえば、仲がいいほうだったと思います」

「刺されたときのことを覚えているか？」

「いいえ、覚えていません。どうして、僕は刺されたんですか？」

しめしめと、富野は思った。

石村は、事件に関してほとんど記憶がない。富野が作ったストーリーを信じ込ませることができそうだ。

事実をねじ曲げるのは、決していいことだとは思えないが、家裁の判事を納得させるためなら仕方がない。嘘も方便というやつだ。

富野は言った。

「どうやら、君と佐田君は、ふざけていたらしいな。どちらにも、相手を刺す気なんかなかったんだ。ふざけて揉み合っているうちに、佐田君がはずみで君の腹を刺してしまった。軽傷で済んでよかった」

「そうだったんですか……」

石村が言った。「でも、どうして僕は、十日間も記憶が飛んでいるんでしょう……？」

「さあな……。何かの病気だということも考えられる。だから、ここでしっかり検査してもらうんだ」

「はい……」

「思春期には、体が変化するから、メンタルな面も不安定になる。おそらく、そうした影響だろう」

「わかりました」

前に会ったときは、被害者の演技をしていた。今は、素の状態なのだろう。前に会ったときよりも、いっそう頼りなく見えた。

富野は、最後にどうしても訊いておきたいことがあった。

「ところで、君は、記憶が飛ぶ前に、何か特別なことをやらなかったか？」

「特別なこと……？」

「そう。心霊現象に関わるような……」

石村は、しばらく考えてからこたえた。

「心霊現象ですか……?」

「そうだ」

「いいえ、そういうことは、何もしていませんけど……」

「狐と聞いて、何か心当たりは?」

「狐って、あの動物の狐ですか?」

「そう」

「心当たりはありませんね」

「例えば、こっくりさんとか……」

石村は、しばらく考えてからこたえた。

「そう言えば……」

「何だ?」

「SNSのアプリで、占いみたいなことをやりました」

「SNSのアプリ……?」

「ええ、生年月日なんかを入力して、その日の運勢を占ってもらうんです。でも、それってあらかじめこたえを用意しておいて、ランダムに表示するだけですよね」

富野は、有沢に尋ねた。

「そうなのか?」

有沢は、急に話を振られて驚いたように言った。

「いや、自分もよく知りませんけど、たぶんネットの占いって、そういうものでしょう」

富野は石村に尋ねた。

「何というSNSだ？」

「ネイムというやつです」

「ネイム？」

「ええ、名前という意味ですね。綴《つづ》りもNAME。最近、使う人が急に増えたんです」

「フェイスブックやラインみたいなものか？」

「どちらかというと、フェイスブックに近いですね。おもしろいアプリが多いんで、人気が出たんです」

いくら何でも、SNSの占いアプリは、狐憑きとは関係ないだろう。富野は、そう思った。

「その他には、何か思いつかないか？」

石村は、しばらく考えてからかぶりを振った。

「いいえ。何も思いつきません」

「そうか」

富野は、質問を終わりにして、病院をあとにした。

警察署に行き、少年係の担当者に尋ねた。

「佐田は、どんな様子なんだ？」

「おとなしくしてますよ」

「何かしゃべったか？」

「それも含めて、おとなしいという意味です」

「黙秘しているということか？」

「よく覚えていないと言ってるんです」

まあ、これは予想どおりだ。

「話をさせてもらえるか？」

「いいですよ。取調室に連れて行きましょう」

富野と有沢は、指定された取調室の前で待っていた。五分ほどして、佐田がやってきたが、制服を着た警官を三人、私服警官を四人従えての登場だった。

驚くほど厳重な警戒だが、一度取り調べ中に逃走していることを考えれば当然かもしれない。

私服警官の一人が言った。

「自分も同席してよろしいですか？」

少年係の捜査員だ。富野は、うなずいた。

「かまわないよ」

そういうわけで、富野、有沢、所轄の捜査員の三人で、佐田の話を聞くことになった。

佐田の様子は、前回取調室で会ったときとは、まるで違っていた。警察に捕まり、不安に今にも押しつぶされそうな、気弱そうな少年でしかなかった。

「よお、気分はどうだ?」

富野がそう声をかけると、佐田は目を瞬《しばた》いた。

「気分は悪くないですが、どうしていいかわからないんです」

富野はうなずいた。

「君が石村君を、刃物で刺したことは間違いないんだ」

「はい……」

「だがな、そのときの状況が問題なんだ。だから、君から詳しく話を聞きたいんだ」

「でも……」

富野は、片手を挙げて佐田の言葉を遮った。

「はっきり覚えていないと言うんだろう? それは、もう何度も聞いた。だがな、覚えていないはずはないんだ。自分でやったことだからな……」

「でも、刑事さんは知ってるんでしょう? あの黒い服の人が……」

富野はなるべく、佐田にしゃべらせないようにする必要があった。まくしたてるように言った。

「いいか、君のようなケースは、何度も見たことがある。自分でやってしまったことに驚き、衝撃を受けて、一種のパニック状態になってしまうんだ。すると、人間の脳は不思議なことをする。記憶を消し去ったり、記憶にアクセスするメカニズムを遮断してしまうんだ」

　佐田はぽかんとした顔になった。

　富野は畳みかけるように言った。

「だが、心配することはない。君は石村君を刺そうと思って刺したわけじゃない。はずみだったんだ。君は、石村君と揉み合っているうちに、はずみで刺してしまったんだ。そうだな？」

「あの……」

　富野は、佐田にはかまわず、所轄の捜査員に言った。

「まあ、そういうことだから……」

「どうして、そんなことがわかるんです？」

「病院にいる石村から、詳しく話を聞いた」

　そのとき、佐田が言った。

「ええと、僕は、石村に操られて……」

「そう。君は、石村君から暴力を振るわれたりしたことがあったらしいな。だから、君には情状酌量の余地がある。それについては、石村君も深く反省している。だが、君は石村君を刺すつもりなどなかったんだろう？」

「ええ、刺すつもりなんてありませんでした」

「あくまで、はずみの出来事なんだ。そうだな？」

「はあ……」

富野は、再び所轄の捜査員に言った。

「そういうことだから、家裁の判事にも穏便な判断をするように伝えてくれ」

「ちょっと待ってください。刃物を用意したのは誰なんです？」

「不明だ」

「何ですって？」

「刃物については、佐田君も石村君も覚えていないんだ。たまたまそこにあったとしか言えない」

「そんなことを、判事が納得すると思いますか？」

「納得するもしないも、それが事実なんだ。いいか？　はずみで起きたことだ。それが重要なんだ。大騒ぎするほどのことじゃない」

捜査員は、むしろほっとしたような表情をしていた。

逆送になると、また面倒なことになる。誰だってわざわざ仕事を増やしたいとは思わない。

富野は、席を立った。

「じゃ、そういうことで、あとはよろしく頼む」

本部庁舎に戻ると、富野は報告書を書きはじめた。自分で考えた筋書きを、文章にしておかなければ、後々矛盾が生じることになりかねない。

何だか悪いことをしているような気分になった。

実際に、嘘の報告書を書くというのは、犯罪行為なのかもしれない。

だが、保身のためではない。二人の少年を守るためだ。自分に、そう言い聞かせた。

狐憑きの少年が、級友を操って、自分を刺させた。そんな報告書を書くよりも、ずっとましだと思った。

隣の席の有沢が話しかけてきた。

「あのう……。ちょっといいですか？」

「何だ？」

「どうも、納得できないんですよね……」

「何がだ？」

「今回の事案ですよ。どうしても理解ができないんです」

富野は、溜《た》め息をついた。

「俺が納得しているとでも思っているのか？」

「でも、富野さんは、狐憑きが原因だったと思っているんでしょう？　だから、所轄の取調室であんなことを……」

「あのな、俺だって狐憑きだのお祓いだのって話を信じているわけじゃないんだぞ」

「でも、あの白い人と黒い人は、以前からの知り合いなんですよね」

「知っているが、あまり関わらないようにしている。だから、連絡先も知らない」

「あの、祠の前での出来事を思い出していたんです」

「それで……？」

「孝景っていうんでしたっけ？　あの白い人。彼が、懐から何かを取り出して、斜面の上から祠のほうに放ったんです。狼の牙、とか言ってましたよね。すると、祠の裏に隠れていた石村君が、すごい声を上げて、飛び出して行った……。鬼龍さんが、何か呪文のようなものを唱えて、空中に指で十字を切るような仕草をしました。これって、お祓いなんですよね？」

「あいつらは、そう言ってるな」

「そして、孝景さんが、石村君のボディーに一発。それで、石村君はＫＯされて地面に倒れた……」

有沢には、そのようにしか見えなかったらしい。あのとき、孝景と石村の体から発したまばゆい真っ白な光は、有沢には見えなかったのだ。

「あれが、孝景のお祓いなんだそうだ」

「ボディーに一発、がですか？」

「ああ」

「自分には、現実のこととは思えないんです。狐憑きが傷害事件の原因で、それをお祓い師たちが解決した、なんて……」

「解決したのは、鬼龍や孝景じゃない。俺たちだよ。あいつらは、ただ祓ったただけだ」

「ほら、富野さんは、信じてるじゃないですか」

「何だって？」

「あの二人がやったことを、すでに受け容《い》れているんでしょう？　でも、自分はとても信じられないんです。何か、悪い冗談のような気がするんです」

「俺だって同じなんだよ。受け容れているわけじゃない。だがな、現実に目の前で起きたことを、否定しつづけても仕方がない。あの二人と関わっていると、不思議なことがたくさん起きる。それを、無視しつづけることは、俺にはできなかった。だからといってだな、俺はオカルトを信じているわけじゃない。霊だ憑き物だってのも、基本的には信じちゃいない。それは、おまえと同じなんだよ」

「孝景さんが言っていたことは、どうなんです？」

「何のことだ？」

「トミさんの先祖も、なんだか、オカルトチックなんですよね？」

「失礼なことを言うな。うちの先祖は、普通だよ。俺だってまともなんだ。あいつの言うことを真に受けるなよ」

「はあ……」

「とにかく、佐田と石村の件は、俺たちの手を離れた。あとは、所轄と家裁に任せるしかないんだ」

「わかりました」

これでもう、鬼龍や孝景と関わることもないだろう。日常が戻って来る。

富野はそう思った。


独身の警察官は、基本的には寮に住むことになっている。だが、三十五歳の巡査部長である富野にとって、独身寮はそれほど居心地がいいところではない。

それで、今ではマンション住まいだ。無理をしてマンションを購入し、ローンを払いつづけている。

共済組合から金を借りられるうちに住まいを買ったほうがいいという、先輩のアドバイスもあった。

郊外ならば、それなりに広いマンションを手に入れることができると、周囲の人に言われたが、通勤に時間を取られるのはばかばかしいし、どうせ一人住まいだと思ったので、都心にマンションを買った。

代々木上原《よよぎうえはら》だ。警視庁本部の最寄り駅である霞ケ関《かすみがせき》まで、千代田《ちよだ》線で、一本で行ける。

もっとも、警察官は異動が多いので、次の勤務地が近くとは限らない。

それでも、代々木上原なら、どんなところに異動になっても、そこそこ不便はないはずだと思っていた。

ほぼ終業時刻に本部庁舎を出たので、六時前には自宅マンションに着いた。

オートロックの玄関に向かうと、ドアの前に、黒い人影がある。

おい、マジかよ……。

鬼龍だった。

富野は声をかけた。

「おい、こんなところで何をしている」

「あ、富野さん……。あなたを待っていたんですよ」

「もう用はないはずだ」

「そうだといいんですが……」

富野は、思わず眉をひそめた。

「どういうことだ？」

「石村に憑いた老狐は、なかなかの大物でした。どうしてあんな狐が、中学生に憑いたのか、気になりませんか？」

「ならないね。それは、あんたらにとっては問題かもしれないが、俺には関係がない」

鬼龍がほほえんだ。

富野は、いらついた。

「何だ、何がおかしいんだ？」

「本当は、富野さんだって、気になっているんでしょう？」

富野は、こたえなかった。

実は、鬼龍の言うとおりだった。だから、病院で石村に、心霊現象や狐に、何か心当たりはないか、と尋ねたのだった。

鬼龍が言った。

「これで終わるとは思えません。それを伝えたいと思いまして……」

「同じような事件が、この先も起きるということか？」

「どうして、中学生が憑依《ひょうい》されたのか、それを調べる必要があると思います」

「だから、それはおまえたちの仕事かもしれないが、俺の仕事じゃない」

「そう言い切れるでしょうか？」

「何だって？」

「今回のように、憑依された人間が、犯罪に関わる恐れは、おおいにあるんです」

「だから、何だと言うんだ？」

「いずれまた、俺や孝景の力が必要になるかもしれないということです」

富野は、何を言っていいかわからず、鬼龍を見つめていた。

鬼龍は、またほほえむと、踵を返して歩き去った。その後ろ姿が、闇に溶けていった。

7

翌日、九月十七日は土曜日で、富野は、何事もなければ一日中自宅にいて、洗濯やら掃除やらをするつもりだった。

幼い頃に、身辺は常に整頓《せいとん》し、清潔に保つように躾《しつけ》をされた。それは、警察官になっておおいに役立った。

警察学校の寮では、整理整頓を厳しく言われた。地域課に配属になったときも、署の机や交番内をきれいに保っておかなければならなかった。

警視庁本部の少年事件課に来てからも同様だった。

だから、富野の部屋は比較的きれいに片づいている。だが、それだけでは満足できない。少しでも散らかっているところや、埃《ほこり》が溜《た》まっているところ、水回りの汚れなどが気になったとたんに、徹底的に掃除したくなる。

洗濯や掃除、料理といった日常の雑事をこなしていると、面倒《めんどう》なことを忘れることができる。

そうした時間が、富野には必要だった。

午前十時頃から、洗濯機を回しつつ、部屋の掃除を始めた。水回りから始めて、部屋に掃除機をかけ、さらにハンディーモップで部屋中の埃を取っていく。

昼前にはあらかた終了した。一人暮らしの、それほど広くない部屋だ。掃除も簡単だ。

昼前には、掃除も洗濯も終わり、富野は昼食を作ることにした。

たっぷりの湯を沸かし、ニンニクをスライスし、鷹《たか》の爪を輪切りにする。

湯が沸いたら、多めの塩を入れ、パスタをゆっくりとかき回しながらゆでた。何度か麺《めん》の硬さを確かめて、しっかりアルデンテで麺をザルに移す。

深めのフライパンにオリーブオイルをたっぷり入れてニンニクと鷹の爪、それにアンチョビを入れて炒《いた》める。

最後にパスタのゆで湯と白ワインを入れて加熱しながらパスタをあえた。

ペペロンチーノの出来上がりだ。

世の中、炭水化物ダイエットなどと騒いでいるが、富野は気にしない。警察官は、激務なので、素早くエネルギーに変わる栄養素が必要だ。

即体内で燃焼してくれる炭水化物は、理想的なエネルギー源なのだ。

テレビで、ダイエット番組が増えてきたり、ダイエットを売り物にするスポーツクラブのチラシが蔓延《まんえん》してくるにつれ、富野は、感じた。

この国は、だめだな、と。

肥満の最大の原因は、食い過ぎだ。国民が食い過ぎの国など、先がない。

ローマ帝国のように、飽食で滅びるに違いない。

ペペロンチーノを頬張っていると、携帯電話が振動した。

おい、冗談じゃないぞ。

富野は、舌打ちした。

休日に電話をよこすような相手に心当たりはない。飲み仲間なら、こんな時間に電話はよこさない。今のところ、付き合っている女性もいない。

考えられるのは、当番からの呼び出しだ。

表示を見ると、案の定だった。

「はい、富野」

「傷害事件だ。場所は江戸川区。江戸川の河川敷」

「傷害事件で、俺たちにお呼びがかかるということは、少年事件なんだな？」

「被害者、加害者、ともに中学生だ」

「わかった。すぐに行く。有沢には連絡したか？」

「連絡した。有沢も現場に向かうと言っていた」

「了解だ」

富野は、残りのペペロンチーノを平らげて、素早く身支度を整えた。

現場は、京成《けいせい》電鉄の鉄橋の下だった。河川脇の土手を下ったところだ。

巨大なコンクリートの柱の陰に、血が飛び散っている。

土手の上と下に車道が走っており、下の車道には、パトカーや鑑識車、機動捜査隊、いわゆる機捜の覆面車などが駐《と》まっていた。

所轄の地域係、捜査員、鑑識がいた。

すでに被害者の姿はなかった。病院に搬送されたのだろう。当番の係員が、傷害だと言っていたから、被害者は死んでいないということだ。

有沢が先に現着していた。富野は、有沢に尋ねた。

「状況は？」

「被害者の名前は、下川良太《しもかわりょうた》。江戸川区内の中学校に通っています。今、救急病院で手当てを受けています」

「容態は？」

「搬送されたときは、意識がなかったということです。全身を、鈍器でめった打ちにされています。凶器は金属バットです」

「凶器が判明しているのか？」

「ええ、被疑者は身柄確保されていますから」

「おい」

「そういうことは、真っ先に報告するんだよ」

「は……？」

「あ、すいません」

「それで、被疑者はどこにいる？」

「小岩署だと思います」

「近くの交番じゃなくて、ＰＳなんだな？」

「そうです。微罪とは言えないですからね……」

「会いに行かなきゃならないだろうな……」

「そうですね……」

「その前に、詳しく経緯を聞きたい」

「あ、それなら、機捜の人を呼んできます」

有沢が駆けて行き、すぐに機捜隊員を連れて戻って来た。

「警視庁本部少年事件課の富野だ。状況を聞きたい」

機捜隊員が言った。

「喧嘩《けんか》をしているという通報がありました。それで、地域課係員が駆けつけ、少年がバットで殴られて倒れているのを見ました。傷害事件だろうということで、我々機捜が臨場しました」

「そのとき、被疑者は？」

「小岩署の地域課係員によって、現行犯逮捕されています」

「現行犯？　地域課係員は、犯行を目撃したのか？」

「そのへんの詳しいことは、逮捕した本人に訊《き》いてください」

「そうだな……。それで、被害者の容態は？」

「病院に向かった捜査員によると、骨に異常はないようですが、とにかく打撲が全身に及んでいます。また、頭部を強打されたようで、一時意識を失いましたが、十分ほどで意識は回復したということです」

「意識が戻ったのは何よりだな。じゃあ、身柄確保した地域課の係員を呼んでくれ」

「わかりました」

機捜隊員は、パトカーに近づき、富野のほうを指さして何事か話をしていた。

地域課の制服を着た、中年の係員がパトカーを降りて、富野に近づいてきた。階級章は、巡査部長だった。

「少年事件課だって？」

「そう。現行犯逮捕とは、お手柄だね」

中年地域課係員は、わずかに眉《まゆ》をひそめた。おそらく、俺がタメ口をきいたからだろうと、富野は思った。

明らかに、地域課巡査部長のほうが歳が上だ。警察は、厳しい階級社会だが、長幼の序にもうるさい。

年上には敬語を使う習慣がある。初対面ならなおさらだ。だが、富野は気にしないことにしていた。腹が立つなら、そう言ってくれればいい。言われたら、改める。

地域課巡査部長が言った。

「お手柄かどうかはわからないが、相手はバットを持っていたんで、警戒したよ」

「抵抗したのか？」

「いや、それが無抵抗だったんだ。それで身柄確保できたんだよ。抵抗されたら、取り逃がしていたかもしれないな」

正直な人だと、富野は思い、好感を持った。

「現行犯逮捕ということは、犯行を目撃したんだな？」

「いや、実際に殴っているところは見ていない。だが、凶器を持ってすぐ近くに立っていた。現行犯逮捕の要件は満たしている」

「警察署に身柄を運んだと聞いたが……？」

「通報があったので、パトカーも来ていたからね。それに乗せてPSに運ばせたよ」

「そのときの被疑者の様子は？」

巡査部長は、戸惑いの表情を見せた。

「どういったらいいのか……。最近の子供ってのは、よくわからんね」

「どういうことだ？」

「同級生をめった打ちにしておいて、けろりとした顔をしている」

「被害者は、同級生だったのか？」

「ああ。それはすぐに調べがついた」

「けろりとした顔ね……」

「それだけじゃない。しゃべり方も、なんだか妙だったんだ」

「しゃべり方が妙？　どんなふうに……？」

「老人のようなしゃべり方だ。それも、なんだか芝居じみた……。最近の若いやつは、そんなしゃべり方をするのかね……」

富野は、言葉を呑《の》み込んだ。

昨日の別れ際の、鬼龍の言葉を思い出したのだ。

「これで終わるとは思えません」

鬼龍は、そう言ったのだ。

「被疑者に、直接会って話がしたい」

「PSに行って、刑事課か生安課に言えば、問題ないだろう」

富野はうなずいて、地域課巡査部長のもとを離れた。

そして、周囲を見回した。土手の上や河川敷のグラウンドに、野次馬が集まっている。

その野次馬たちを眼で追っていると、有沢が尋ねた。

「どうしました？」

「鬼龍か孝景が来てるんじゃないかと思ってな……」

「なぜです？」

「被疑者が、老人のような話し方をしたと、今地域課の巡査部長が言ってただろう」

「ええ……」

「祓《はら》われる前の佐田がそうだったんだ」

有沢が、眉をひそめる。

「どういうことですか？」

「わかっているくせに、訊くな」

「いや、自分にはわかりませんね。狐憑《つ》きだの、お祓いだのという話、絶対に信じられませんから……」

「やっぱり、わかってるじゃないか。小岩ＰＳに行って、被疑者に話を聞いてみよう」

富野は歩き出した。

ふん、俺だって信じているわけじゃないさ。

富野は、心の中でつぶやいていた。

だけど、この眼で見たことだ。富野は、否定する根拠がないことは、否定しないことにしている。それが、警察官としての信条だ。

鬼龍や孝景がやっていることについては、一般常識としては認めがたいが、否定する根拠がない。ただ、あまり近寄りたくないと思っているだけだ。

しかし、昨日の別れ際、鬼龍は、こうも言っていた。

「いずれまた、俺や孝景の力が必要になるかもしれないということです」

鬼龍は、また事件が起きることを、予見していたのかもしれない。

「少年事件だからな。少年係に回したよ。逆送されたら、また俺たちが調べることになるがな……」

小岩署刑事課の捜査員が言った。

富野は彼に言った。

「あんたたちは、臨場しているだろう？」

「ああ、現場に行った」

「だが、少年係は臨場していない。そうだろう？」

「そうだな……」

「だからまず、あんたから話が聞きたい」

「何を聞きたいんだ？」

「被疑者の少年は、身柄確保のとき、無抵抗だったと、地域課の巡査部長が言っていた」

「そうらしいな」

「身柄をPSに運んでくるときも、抵抗はしなかったのか？」

「まったく抵抗しなかった。落ち着いていたよ。落ち着きすぎているくらいだ」

「落ち着きすぎている？　それ、どういうことだ？」

「どんな犯罪者も、犯罪の直後や、身柄確保された直後は、感情的になるものだ。それは、いろいろな形で表れる。確保されたことに腹を立てて、暴れるやつもいる。ひどくうろたえて、泣き出すやつもいる」

「そんなことは、俺だって知っているさ」

「だがな、宮本《みやもと》はそうじゃなかったんだ」

「被疑者は宮本という名なのか？」

「宮本和樹《かずき》。区内の公立中学校に通っている。二年生だ」

また中学生か……。

「それで、宮本はどんな様子だったんだ？」

「どう言ったらいいのかな……。なんか、妙な感じがした。子供にこういう表現をするのは、ちょっと変かもしれないが、泰然自若としていたよ」

「泰然自若ね……」

富野はつぶやいてから、捜査員に言った。「会って話がしたいんだが……」

「少年係に訊いてみるよ。ちょっと待ってくれ」

刑事課の捜査員は、離れた島のほうに声をかけた。それから、富野と有沢に言った。

「彼らが担当だ。あちらに行ってくれ」

富野は、その捜査員に礼を言って、指示された島に向かった。

「ええと、本部の少年事件課だそうですね？」

まだ若い係員が言った。三十代前半だ。有沢とそう違わないだろう。

「そう。俺が富野で、こっちが有沢だ」

「あ、少年係の松兼《まつかね》です」

刑事課の捜査員も、本人も「少年係」と言っているが、これは通称だ。ちゃんと少年育成係と少年事件係に分かれているはずだ。

長ったらしいので、両方合わせてそう呼んでいるのだ。

富野自身も、時折「少年課」と名乗ることもある。

「さっそくだが、江戸川河川敷で起きた傷害事件の被疑者に会いたい」

「今、うちの係の者が話を聞いているところなんですが……」

「待たせてもらうよ」

「あ、じゃあ、こちらでどうぞ……」

小さな応接セットに案内された。係長席の近くだ。

富野と有沢が腰を下ろすと、ほどなく、係長らしい男が、どこかから戻ってきて、席に着いた。すぐに、松兼が言った。

「あ、係長、本部少年事件課の方々です」

係長は、椅子を回して、富野たちのほうを向いた。この係長にも見覚えがあった。少年事件課と少年係だ。どこかで会っているに違いない。

たしか、南部《なんぶ》博文《ひろふみ》という名だ。

南部は、怪訝《けげん》な顔をしている。

「おう、富野だったな？　本部からわざわざ……？」

「ああ」

「なんで、また……。本部はそんなに暇なのか？」

「暇なわけないだろう。土曜日にこうして小岩まで出向いているんだぞ」

相手が係長でも、富野はタメ口だ。南部は、気にした様子を見せなかった。かすかに笑うと言った。

「そりゃまあそうだな。ごくろうなこった。それで……？」

「江戸川河川敷の傷害事件だ。被疑者に話を聞きたい」

「なんでだ？　余罪でもあるのか？」

「それはわからない。家裁に送る前に会っておく必要があると思ってな」

「苦労性だな。所轄だけで充分対処できる事案だぞ」

「逆送されるかもしれない」

「どうかね……。初犯のようだし、犯罪少年といっても、常習性はなく、素性は悪くない」

「係長は、直接話を聞いたのか？」

「いや、うちのベテランがやっている」

「素性は悪くないと言ったが、妙なやつだと聞いている」

「身柄確保した地域課の巡査部長も、署に身柄を運んだ刑事課の捜査員も、そう言っている」

「妙なやつ……?」

南部係長は、しばらく考えてから言った。

「ちょっと待ってくれ」

彼は、どこかに電話をかけた。しばらく誰かとやり取りをしていたが、やがて電話を切って言った。

「今、取調室にいる。行ってみよう。俺も同席させてもらうが、いいか?」

「かまわないよ」

それまで、事情聴取していた担当者たちが取調室から出て来た。交代で富野たちが入った。

富野が被疑者の正面に座る。南部係長が、記録席の椅子に腰を下ろした。有沢は立ったままだ。

富野は、目の前の少年を観察した。

見かけは実に冴《さ》えない。ひょろりとしているし、身長も高くなさそうだ。だが、その態度は、容貌《ようぼう》にそぐわないものだった。

背中をぴんと伸ばし、堂々としていた。表情は落ち着いている。なるほど、刑事課のやつが「泰然自若」と言ったのがよくわかる。

まったく少年らしからぬたたずまいだ。

彼は、まっすぐに富野のほうを見ている。その眼に妙な力があるように感じた。

富野は、直感した。

佐田と会ったときと同じだ。

溜め息をつきたくなった。

「名前を聞かせてくれないか」

富野が尋ねると、少年は質問にはこたえずに言った。

「おまえは、何者だ」

また、「おまえ」呼ばわりだ。

「もしかしたら、俺のことを覚えているのではないかと思ったがな……」

有沢が、はっと富野のほうを見るのが、気配でわかった。富野は、正面の少年から眼を離さなかった。

少年はかすかに笑った。

「名などないわ」

記録席の南部係長が言った。

「所持していた生徒手帳によると、その少年の名は、宮本和樹だ」

富野はうなずいてから、宮本に言った。

「宮本。君は、同級生の下川良太君を、金属バットで何度も殴った。その事実に間違いはないね？」

宮本は、かすかな笑みを浮かべたままだ。

「みんなその名で、わしのことを呼ぶが、それはわしの名ではない」

富野は尋ねた。

「では、君の名前は何というんだ？」

「言っておろう。名などない」

「どうして下川良太君を金属バットで殴ったんだ？」

「おまえが宮本と呼んでいる、この容《い》れ物が、下川というやつを、ひどく怨《うら》んでおったのでな……。しかも、下川はこのわしに害を為《な》そうとした」

「下川が害を為そうとした？　どういうふうに？」

「嫌がらせをした。殴ったり、蹴《け》ったりもした」

「容れ物と言ったな？　では、おまえは宮本に取り憑いているということか？」

「容れ物を借りている。若い体は居心地がいい。素早く動けるし、なかなか疲れない」

「おまえは、宮本を守るために下川をバットで殴ったということか？」

「わしに害を為そうとしたのじゃ。当然の報いじゃ」

「いつまでそこにいる気だ？　宮本はしばらく拘束されることになるかもしれないぞ」

「拘束……？」

「これからおまえは、家庭裁判所に送られる。そこで、刑事処分が相当と認められたら、また刑事や検事の厳しい取り調べを受けることになる。そして、傷害罪で起訴されることになるだろう」

宮本は、笑みを浮かべながら言った。

「いいや、そうはならないな」

富野は、南部係長に言った。

「応援を呼んでください」

「応援だって……？」

「早く」

南部係長が、取調室を出て行った。ほぼ同時に、宮本が立ち上がる。

富野は言った。

「勝手に出て行くことは許さない」

宮本が言った。

「いや、わしは出て行きたいときに出て行く。何度も同じことを訊かれて、わしは退屈している」

「ふざけるな……」

富野も立ち上がった。有沢が机の脇に立っている。宮本の進路をふさぐ位置だ。

宮本がその有沢に近づいた。

有沢が言った。

「席に戻れ。座っているんだ」

宮本は止まらない。有沢が宮本の肩をつかんで、押し戻そうとした。

宮本が両手で有沢を押した。それだけで、有沢の体が後方に吹っ飛んだ。狭い取調室の中での出来事だ。有沢は記録係の机の上に投げ出され、壁に頭を打ちつけた。そのまま動かなくなった。

「ばか力だな……」

富野は身構えた。宮本が近づいてくる。

取り押さえなければならないが、怪我をさせるわけにはいかない。富野には、今まで話をしていた相手が、宮本ではないことがわかっていた。

おそらく、宮本の肉体だけでなく、意識も乗っ取られているのだろうと、富野は考えていた。

富野は後退した。すぐに、背中が取調室の引き戸に当たった。その戸が開いた。

「応援を連れてきたが……」

南部係長の声だった。富野は、近づいてくる宮本を見ながら言った。

「こいつを、絶対に逃がさないでくれ」

背後から南部係長の声がする。

「もちろん逃がす気はないが、少年一人に大げさじゃないのか？」

るのだ。
「今にわかる」
富野がそう言ったとたんに、宮本の右手が伸びてきた。富野を払いのけようとしてい
るのだ。
富野は、その右腕に両手でつかみかかった。宮本が手を振ると、富野は軽々と飛ばさ
れた。その体を南部係長たちが受け止めた。
南部たちの驚いた顔が見えた。
「そいつは、普通じゃない」
富野は言った。「全力で制圧しろ」
南部が連れてきた応援は三人だった。彼らは、日頃鍛えた逮捕術を披露しようと、三
人同時に宮本につかみかかった。
三対一で、しかも相手は少年だ。誰も本気になっていない。
「油断するな」
そう言って、富野も加勢しようとした。その瞬間、三人の係員たちが弾《はじ》き飛ばされた。
彼らは廊下に投げ出された。そのあおりを食らって、富野も廊下に尻《しり》をついていた。
宮本が悠々と歩き出した。
南部係長が、携帯電話を取り出してどこかに連絡を取ろうとしていた。
それをちらりと見てから、富野は三人の係員とともに宮本を追った。
宮本が廊下の角を曲がった。富野は、その角に駆け寄る。そのときには、すでに宮本

の姿がなかった。

佐田のときと同じだ。三人の係員は、階段に向かった。

南部係長が富野のそばにやってきて言った。

「被疑者が逃走したことを全署に告げた」

富野は言った。

「すぐに署内を封鎖するんだ」

「封鎖……？　いくら何でも、それは大げさだろう」

「今目の前で見たことを信じないのか？　あいつは普通じゃないんだ。絶対に署から出すな」

「副署長に言ってみるが……」

上の者は、署を封鎖する必要などないと判断するだろう。

警察署には、いろいろな人が出入りしている。他の犯罪者や違反者もいる。何かの相談に来ている者もいるだろう。瞬時に封鎖することはなかなか難しい。

「武装していると言え」

富野が言うと、南部係長は目を丸くした。

「何だって？」

「そう言えば、緊急性がわかってもらえるだろう」

南部は、一瞬だけ躊躇《ちゅうちょ》したが、結局富野が言ったとおりにした。

富野は、階段で一階まで下りた。有沢のことが気になったが、今は宮本を捕まえることが先決だ。

一階は混乱していた。

交通課に用がある者や遺失物の届けを出しに来た人々が、足止めを食らって戸惑っている。ある者は声高に苦情を言っていた。

記者が、何事かと署員に質問をしていた。

富野は応援に駆けつけた三人のうちの一人を見つけて尋ねた。

「宮本の姿を見たか？」

その係員は、不思議そうに言った。

「いえ、それが……」

「署内を隈《くま》なく探してくれ。まだ外には出ていないと思う」

「わかりました」

富野は、一階の交通課の前に立ち、大きな声で言った。

「誰か、中学生くらいの少年の姿を見かけなかったか？」

返答はない。誰もが怪訝な顔で富野を見ている。

富野は警察手帳を掲げて、再び言った。

「緊急事態だ。誰か、少年を見かけていないのか？」

やはりこたえはない。

制服姿の男が近づいてきた。

「いったい、何事だ？　君は何者だ？」

「警視庁本部少年事件課の富野と言います。あなたは？」

「副署長だ。少年だって……？」

「江戸川の河川敷の事件をご存じですね？」

記者が集まってきた。それを横目で見た副署長が言った。

「ちょっと、こっちへ来てくれ」

副署長席の脇を通って署長室に入った。署長は席を外している。

ドアを閉めると、副署長が言った。

「河川敷の傷害事件だな？　それがどうしたんだ？」

「被疑者の身柄をこちらに運んで、事情を聞いていたのですが、その被疑者が取調室から逃走しました」

「武装していたという知らせを聞いたが、どういうことなんだ？　なぜ取調室にいた被疑者が武器を入手できるんだ？」

「武装をしていると言ったのは方便です。それくらいに危険な人物だということです」

「危険？　中学生だと聞いているぞ。何がそんなに危険なんだ」

「うまく説明できないんですが、普通の状態じゃないんです」

「普通の状態じゃない？　どういうふうに普通じゃないんだ？」

富野は、必死で頭を働かせた。

「催眠術のようなものにかかっているようなのです。そういう状態では、常人をはるかに超えた体力を発揮する場合があるのです」

「催眠術だって……？」

副署長は、困惑したような表情を浮かべた。どう判断していいかわからないのだろう。

富野は畳みかけるように言った。

「事実、我々は簡単にはねのけられ、三人の係員が取り押さえようとしましたが、それも弾き飛ばされました」

「まさか……」

「実際に起きたことです。とにかく、被疑者の所在を確認しなければなりません」

「富野と言ったか？」

「はい」

「気は確かだろうね」

「そう祈ってますが……」

「被疑者が取調室から逃走したというのは、事実なんだね？」

「はい」

「わかった。被疑者に逃げられたなんてことになったら、わが署の大不祥事だ。対処する」

「お願いします」

富野は、一礼して署長室を先に出た。

一階の混乱はまだ続いている。次に富野はどうするべきか考えていた。そこに、南部係長がやってきて言った。

「あんたに会いたいという人がいるんだが……」

「誰だ？」

「キリュウと名乗っている。なんだか怪しいやつだということだが……」

「すぐにここに呼んでください」

南部は無線機を手にしていた。無線で誰かと連絡を取る。

ほどなく、制服を着た係員に連れられて、鬼龍がやってきた。

「やあ、どうも……」

彼は、状況にまったくそぐわない、のんびりした口調で言った。

富野は、鬼龍を人のいない一角に引っぱって行き、言った。

「宮本も佐田と同じような状態だった」

「宮本って？」

「河川敷で、中学生が同級生を金属バットでめった打ちにした。その被疑者だ」

「佐田と同じ……」

「だから、おまえはここに来たんだろう？」

「いやあ、まあ、そういうことになるんですけど、何と言ったらいいか……」

「何だよ。祓いに来たんじゃないのか？」

「そのつもりですよ」

富野は、ふと不思議に思った。

「おまえ、どうやって宮本のことを知ったんだ？　まだ、テレビやラジオのニュースでも流れていないはずだ」

「昨日言ったでしょう。これで終わるとは思えないって……。だから、富野さんのあとをつけていれば、必ずまた同様の事件に出くわすだろうと……」

「あ、おまえ、俺を尾行していたのか？」

「まあ、そういうことです」

警察官が尾行に気づかなかったのは失態だ。富野は、思わず舌打ちをしていた。

「くそっ。まさか、つけられているとはな……」

「警察署の前で様子を見ていると、なんだか騒がしくなったので、玄関の立ち番の人に声をかけました」

「俺に会いたいと言ったわけか」

「ええ。それで、その宮本というのは、どこです？」

「今、署を封鎖して捜している。まだ署内にいるはずだ。俺は、取調室に戻る」

「なぜです？」

「相棒の有沢が宮本にやられた。まだのびているかもしれない」

「俺もいっしょに行きましょう」

署内は、厳しい警戒態勢となっていた。取調室から逃走した被疑者が、武装して署内に潜んでいるとなれば、当然の措置と言えるだろう。

事実、宮本は武装しているのに等しいと、富野は考えていた。

取調室にやってくると、すでに有沢の姿がなかった。

富野は電話をかけてみた。呼び出し音五回で出た。

「有沢か？　今、どこにいる？」

「先ほど話をした者だな？　何と申す？」

富野は、また舌打ちをした。

「宮本か？」

「わしに名などないと申したはずだ」

「今どこにいるんだ。有沢はどうした？」

「おまえと話がしたい。屋上に来い」

「屋上だな？　わかった」

電話が切れた。

「やつらは、屋上にいるらしい」

富野は、近くにいた署員を捕まえて言った。

「副署長と、南部少年係長に伝えてくれ。マル対は屋上にいる、と……」

「副署長と南部少年係長ですね。了解しました」

富野が階段に向かうと、鬼龍が言った。

「エレベーターを使ったらどうです？」

「警察官は、階段を使うのが習慣になっているんだよ」

「へえ……」

屋上に出る鉄製の扉の前まで来ると、富野は立ち止まった。鬼龍が尋ねる。

「どうしたんですか？　行かないんですか？」

「相手は、危険なやつだ。有沢を人質に取っているかもしれない。ここは、慎重にいきたい。応援が来るまで待つんだ」

「そんな必要はないと思いますよ。応援が駆けつけたら、事が大げさになるだけです」

「危険を冒すわけにはいかない」

「だったら、富野さんはここにいてください」

鬼龍は、鉄製の扉を開けて、屋上に出て行った。

「あ、こら、待て……」

富野は、慌ててそのあとを追った。

屋上に出てすぐ右手に、宮本と有沢がいた。有沢は、富野の姿を見ると、情けない顔で言った。

「あ、すいません……。ドジ踏んじゃって……」

「いいから、余計なことはせずに、じっとしてろ」

宮本は、後ろから右手で有沢の頸部《けいぶ》をがっしりとつかんでいる。今の宮本の力をもってすれば、有沢の首を折ることくらい簡単なはずだ。

あるいは、手すり越しに、放り投げることも可能だろう。そうなれば、有沢は地面まで真っ逆さまだ。

宮本が言った。

「わしに害を為そうとすれば、どうなるか、わかっておるな?」

「わかってるさ。俺と話がしたいんだって?」

宮本は、富野の横にいる鬼龍を見て、表情を曇らせた。

「そいつは、何者だ?」

「俺の手下みたいなもんだよ」

鬼龍が、不満そうな仕草で自分のほうを見るのがわかった。

「一人で来るものと思っていた」

「手下なんだから、いいだろう?」

宮本は、すぐに鬼龍に関心をなくしたようだった。

「おまえは、他の者と違い、この少年の中におるわしに気づいていたようだった。それが、どうしてなのか知りたかった」

「前に会っているような気がしたんだが、どうやらそうではないようだな」

「前に会ったというのは、誰のことだ？」

「話をしたいのなら、有沢から手を離すんだな」

「手を離せば、皆で寄ってたかって、わしを捕まえようとするだろう」

「まあ、そうなるだろうな」

「わしは囚《とら》われの身になるのが、何より嫌いじゃ」

「悪いことをすれば捕まる。それが道理なんだよ」

富野は、時間を稼ぐつもりだった。マル対が屋上にいることを知らせた。今頃、署内では、それに対応すべく、人々が動いているはずだった。

もうじき、応援も駆けつけるだろう。

だが、そんな富野の思惑などお構いなしに、鬼龍が一歩前に出た。

「おい、鬼龍。待て」

富野の言葉を無視するように、鬼龍が右手の人差し指と中指を伸ばして、宮本に向けた。

「ヒ・フ・ミ・ヨ・イ・ム・ナ・ヤ・ココノ……」

その二本指で、九字を切りはじめる。

それまで鷹揚《おうよう》としていた宮本の表情が変わった。

「おのれ、何者じゃ……」

鬼龍はそれにこたえず、同じ言葉を唱えながら、九字を切りつづける。

宮本が、苦しげに顔を歪《ゆが》める。やがて、身をよじりはじめた。

富野は叫んだ。

「有沢、逃げろ」

有沢が、しゃにむに宮本の手を振りほどいて束縛を逃れた。

「ヒ・フ・ミ・ヨ・イ・ム・ナ・ヤ・ココノ・タリ」

鬼龍は、九字の最後に二本指を宮本に向けて突き出した。

その瞬間、富野はまたしてもまばゆい光を見ていた。

8

富野は、まばゆい光を感じて目を閉じていた。

目を開けると、宮本が立ったまま動きを止めていた。

鬼龍も動かない。

「富野さん。確保……」

有沢に言われて、富野は宮本に駆け寄った。宮本が、不思議そうな顔で富野を見ていた。

「手錠をかけさせてもらうぞ」

「え、手錠……？」

宮本は戸惑った様子だった。

富野の言葉を受け、有沢が手錠を取り出して宮本の両手首にかけた。

「どうして手錠なんか……。ここはどこです？」

宮本が、おろおろとしながら尋ねた。富野はこたえた。

「小岩警察署の屋上だ」

「小岩警察署……？」

有沢が宮本の足元に落ちていた自分の携帯電話を拾った。

「壊れてないだろうな……」

そのとき、応援が駆けつけた。制服、私服合わせて十人ほどいた。武装しているという知らせを受けているので、彼らは慎重だった。

手錠をされている宮本を見て、ほっとした様子で近づいてきた。

応援の中に南部係長がいた。彼が富野に言った。

「よく確保できたな」

「ああ、何とか……」

富野は、鬼龍のことを南部にどう紹介しようかと思っていた。だが、心配する必要はなかった。鬼龍は、いつの間にか姿を消していた。

どんなに警戒厳重な施設でも、中から外に出るのは簡単だ。

「逃亡を図るなんて、とんでもないやつだ」

南部が言った。「しかし、えらいばか力だな。捜査員三人が軽々と弾き飛ばされちまった……」

富野は言った。

「理由はわからないが、普通の状態じゃなかったんだと思う」

「それで、どうする？　取り調べの続きをやるかい？」

「そうしよう」

「じゃあ、さっきの取調室に身柄を運ばせる」

富野と有沢は、階段を下りて取調室に戻った。

手錠をしたままの宮本が署員に連れてこられた。逃走する前とは様子が一変している。動揺し、怯《おび》えているのが見て取れる。

先ほどと同じ位置に納まると、富野は有沢に言った。

「手錠を外してやれ」

「え……。でも……」

「いいから、外すんだ」

記録席から南部が言った。

「手錠をしたままのほうがいいんじゃないのか？　また暴れ出したら面倒だ」

富野はこたえた。

「だいじょうぶだ」

有沢は、宮本の手錠を外した。

富野は宮本に言った。

「仕切り直しをさせてもらう。まず、名前を教えてもらおう」

「宮本和樹です」

口調もすっかり変わっている。どこにでもいる、ちょっと気弱そうな中学生の態度だ。

「年齢は？」

「十四歳です」

「学年は？」

「中学二年生です」

「君は、江戸川の河川敷で、同級生の下川良太君を金属バットで殴って大けがをさせた。それに間違いないな？」

宮本は、ぽかんと口を開けて、しばらく富野を見つめていた。

富野はさらに言った。

「どうなんだ？　その事実に間違いないか？」

しばらく呆然《ぼうぜん》としていた宮本の顔色が急に悪くなった。彼は、うろたえた様子で言った。

「あの……」

二度三度と唾《つば》を飲み込む。「それ、現実の話ですか？」

「言ったとおりだ。君は、下川良太君を金属バットで殴り、大けがをさせたんだ。下川君は今病院で治療中だ」

宮本は、小さく何度もかぶりを振った。

「まさか、そんなこと……」

「だが、駆けつけた警察官が見ているんだ。倒れた下川君のすぐそばで、君が金属バットを持って立っているところを……。そして、君は逮捕されてここにやってきた……」

「ここ、警察なんですね……」

「そうだ。そして、君は、取り調べの最中にここから逃げ出し、屋上に立てこもろうとした。ここにいる有沢を人質にして、な……」

「逃げ出した……？」

富野は、しばらく宮本を見据えてから、背もたれに体を預けて溜め息をついた。

「どうやら、何も覚えていないようだな」

宮本は、複雑な顔をした。無言で、何事か考えている。

「いや、覚えていないというか……。どう言ったらいいのか……。今言われたことは、なんとなく記憶にあるんですが……」

「覚えているんだな」

「それが、僕は夢だと思っていたんです。今言われたことは、僕の夢の中の出来事だったんです」

「君が夢だと思っていたことは、実は現実だったんだ」

宮本は、泣きそうな顔になった。

「そんな……。夢で見たことが現実になるなんて……。僕には何が何だか、さっぱりわかりません」

本当に泣き出した。

「最近、何か変わったことはなかったか？」

宮本は、しばらく泣きじゃくっていたが、やがて落ち着いてきて、質問にこたえた。

「しばらく前から、なんだか、変な気分になることがありました。例えば、昨日のことも、思い出してみると、夢なのか現実なのかよくわからないことが多いんです」

「いつ頃から、そういうふうになったんだ？」

「五日ほど前だと思います」

「五日前か……」

富野は眉をひそめた。

「なんだか、ぼんやりしていることも増えました。学校に行っても、夢を見ているような変な気分で……」

「まさか、妙な薬はやってないだろうな？」

宮本は怪訝な顔で聞き返した。

「妙な薬……？」

「麻薬や覚醒《かくせい》剤なんかだよ」

宮本は驚いた表情で言った。

「まさか……。やってませんよ」

「過去にやったこともないな？」

「ありません」

「念のために、尿を採らせてもらうが、いいか？」

「ええ、いいです」

富野が南部係長を見ると、彼はうなずいた。薬物検査の手配を承知したということだ。

富野は質問を続けた。

「夢か現実かはっきりしなくなる前のことを訊きたい。君は、下川君にいじめられていたのか？」

宮本は、再び目を丸くして富野を見た。それから、眼を伏せた。すぐにはこたえようとしない。

富野は、もう一度訊いた。

「どうなんだ？　君はいじめられていたのか？」

「はい」

「いじめにも、いろいろあるな。最近ではみんなでシカトするいじめが一般的なんだろう？　どういうふうにいじめられていたんだ？」

「暴力を振るわれていました」

「殴られたりしたわけだな？」

「殴られたり、プロレスの技をかけられたり……」

「誰かに相談しなかったのか？」

「一度、先生に相談したことがありました。でも、下川が、ふざけているだけだって言ったら、それきりになりました」

教師としては、なるべく関わりたくないというのが本音だろう。彼らも暇ではない。いろいろな問題の対応に追われており、いじめ対策はその一つでしかない。

「ふざけているだけ」と証言されると、「ああ、そうか」と言いたくなる気持ちもわかる。

「下川君は、そんなことを言ったが、君は本当に辛《つら》かったわけだな？」

「そのうちに、殺されるんじゃないかって、本気で思ってました。いじめは学校にいる間だけのことだから、我慢しろという人もいるけど、卒業までに殺されるかもしれないと思ったら、怖くて怖くて……」

「下川君を怨んでいたか？」

「怨んでいたかどうか、自分でもわかりません。ただ、あいつさえいなくなれば、と、ずっと思っていました」

富野は、しばらく迷った末に尋ねた。

「最近、狐に関係するものに接したりはしなかったか？」

宮本が眉をひそめた。

「狐ですか……」

「そうだ。どんなものでもいい。狐のアクセサリーとか、お稲荷《いなり》さんとか……」

さぞかし、妙な質問だと思っているに違いない。宮本だけではなく、南部係長も訝《いぶか》しく思っているはずだ。富野はそう思っていた。

宮本がこたえた。

「いいえ、狐とか、全然……」

「心霊現象に関わることは……？」

「心霊現象？」

「そうだ。こっくりさんとか……」

「いいえ、やったことありません」

「そうか」

我ながら、ばかなことを訊いている。そういう自覚はあった。だが、確認せずにはいられなかったのだ。

富野は、ふと思いついて尋ねた。

「スマホやパソコン、持ってるか？」

「ええ、携帯はスマホです」

「SNSはやってるのか？」

「やってます」

「何をやっている？」

「フェイスブックもやってますし、ラインも……。あと、ネイムもやってます」

「ネイムで、何かアプリを使ったか？」

「占いのアプリをやってます」

「生年月日を登録して、毎日の占いを見るアプリだな？」

「そうです」

「そのアプリは、長いこと使っているのか？」

「一年くらいやっていると思います」

富野はうなずいた。

宮本が質問した。

「あの……。僕はどうなるんでしょう？」

「家庭裁判所に送られる。そこで、判事が君の処遇を決めるんだ」

「少年院とかに入るんでしょうか？」

「それは、判事次第だな。保護観察なら、少年院に送られることはない」

「夢の中でやったことだと思っていたのに、罰せられるんですか？」

「それも判事が判断する。君が金属バットで下川君を殴ったことは事実なんだ。だが、長い間いじめにあっていたことは、情状酌量の余地があるかもしれないし、犯行を本当にはっきりと覚えていないのだとしたら、何らかの医療的な措置をとられるかもしれない」

中学生だって、これくらいの話は理解できるだろうと、富野は思っていた。相手が少年だからといって、わかりやすく説明してやる気などない。理解できなくても、理解するように努力すればいいのだ。

富野は、南部に言った。

南部が宮本に言った。

「何か、質問は？」

「君は、何か格闘技か武道をやっているのかね？」

宮本は、きょとんとした顔になった。

「いえ、やってませんが……」

「じゃあ、ウエイトリフティングとか……」

南部は、そう言ってから宮本の体格に眼をやった。それから、こたえを聞く前に言った。

「いや、見たところ、そういうのもやっていそうにないな」

「やってません」

「じゃあ、どうして警察官三人をいっぺんに弾き飛ばすことができたんだ？」

「え……？　何です、それ……」

「そいつも覚えていないというのか？」

「覚えていないっていうか……。何のことかわかりません」

「取調室から逃走するときに、取り押さえようとした署員や、そこにいる有沢君らを弾き飛ばしたんだ」

「弾き飛ばした……？」

「そうとしか言いようがない。ただ突き飛ばしたという感じじゃない。やられたほうは、まるで自動車に轢《ひ》かれでもしたようなありさまだった」

有沢が言った。

「俺は、壁に頭を打ちつけて、一瞬気を失った。気がつくと、君が目の前にいたんだ。そして、携帯電話を取り上げられて、屋上に連れて行かれた」

宮本は、おろおろとしている。

「僕が本当に、そんなことをしたんですか？」

南部がこたえた。

「何人もの警察官が現場を目撃している」

「取り調べ中に逃走して、騒ぎを起こすなんて……。それも罪に加えられることになりますね……」

富野は南部を見た。南部がどう思っているか気になった。南部も富野を見返してきた。おそらく同じような気持ちなのだと思った。

いや、南部のほうが戸惑っているはずだ。

事件に関わった少年が、急に別人のようになってしまうのを、富野はすでに経験しているし、それに鬼龍が関係していることもわかっている。

だが、おそらく南部にとっては初めての体験のはずだ。

南部が、視線を宮本に移して尋ねた。

「反省しているかね？」

宮本は、目を瞬《しばた》いてからこたえた。

「本当に僕がやったことかどうか、僕にはわかりません。でも、もし本当にやったのだとしたら、反省します」

南部がうなずいて言った。

「わかった。それが聞きたかった」

少年犯罪は、全件送致が原則なので、じきに宮本も検察、そして家裁に送致されることになるだろう。

9

その際に、担当の警察官の意見は重要だ。

取調室を出て、生活安全課まで移動してくると、南部が富野に言った。

「俺にはどういうことなのか、さっぱりわからないんだが……」

「何がだ？」

「宮本だ。最初に署に連れてきたときとは、まったく別人だ」

「おそらく、ここに身柄を運ばれたときは、事件直後で、興奮状態にあったんだろう」

南部が、富野を見据えた。有沢が同じように富野を見ている。

てめえ、相棒なら俺の味方をしろよ。

富野は、心の中で有沢にそう言った。

南部が言った。

「興奮状態だって？　いや、むしろ身柄を運んできたときのほうが、落ち着いていたんだ。実に堂々としていたよ。泰然自若ってやつだ。いったん取調室から逃げ出して、再びここに連れてきたときには、おどおどとした落ち着きのない少年になっていた。いったい、あいつに何があったんだ？」

富野は、肩をすくめた。

「俺にわかるはずがない。世の中に変わったやつはいくらでもいる」

「屋上にいた、あの黒ずくめの男は何者だ？」

富野は、心の中でそっと舌打ちをした。

やっぱり、見られていたか。

鬼龍はいつの間にか姿を消していたので、南部には気づかれなかったと思っていたが、そうは問屋が卸さなかった。

「俺の情報屋みたいなもんだよ」

「そいつが、何でうちの署の屋上にいたんだ？」

富野は、どう説明すべきか考えた。

南部は、宮本が急変したことと、鬼龍が屋上にいたこととを関連づけて考えているようだ。さすが刑事だ。

まあ、刑事じゃなくても、それくらいのことは気づくか……。

適当にごまかすことはできる。だが、それが何の得になるだろう。

ごまかしたり、隠したりするのは、相手に礼を欠くことであり、結果的には自分にとって不利益となる。

嘘がばれそうになると、また嘘で糊塗《こと》することになる。それが積もり積もって自分の首を絞めることになるのだ。

常に本当のことを言うのが、一番正しいのだ。事実が、どんなに突拍子もないものでも、だ。

それを信じるか信じないかは、聞く側の勝手なのだ。

そういう結論に至り、富野は話しだした。

「あの黒いのは、お祓《はら》い師だ」

案の定、南部は怪訝《けげん》な顔をする。

「お祓い師……？」

「そう。名を鬼龍光一という」

「群馬県桐生《きりゅう》市の桐生か？」

「いや、鬼に龍と書く。光一は光に数字の一」

「鬼に龍……？　すごい名前だな？　本名か？」

「本名だ。本人によると、昔はそれほど珍しい名字ではなかったそうだ。だが、字面があまりにおどろおどろしいので、今あんたが言った桐生市の桐生や、霧に生まれると書く霧生、吉凶の吉に柳と書く吉柳などの姓に変わったのだという」

「へえ……。そのお祓い師が、うちの署で何をやっていたんだ？」

「宮本を祓った」

南部は絶句した。

しばらく、言葉を探している様子だった。

やがて、彼は言った。

「祓ったって……。それ、どういうことだ？」

「狐憑《つ》きって、知ってるか？」

南部は、周囲を見回した。

彼らは、南部の席の近くで立ち話をしていた。南部は言った。

「何だか、込み入った話になってきたようだな。ちょっと、待っててくれ」

南部は、大部屋の奥にあるドアを開けて中の様子をうかがった。それから、富野たちを手招きした。

そこは、小さな会議室だった。

南部が小会議室のテーブルに向かって腰を下ろし、その向かい側に、富野と有沢は並んで座った。

南部が言った。

「狐憑きがどうしたって？」

「宮本には、狐が憑いていた。それを、鬼龍が祓ったんだ」

「あんた、俺をからかっているのか？」

「そういうふうに見えるか？」

南部がしばらく富野を見つめてから言った。

「じゃあ、あんた、本気で言ってるってことか？」

「本気だ」

「気は確かなんだろうな？」

「たぶんな。警察官をやっているんだから、だいじょうぶだと思うよ」

「宮本に狐が憑いていて、それを鬼龍というお祓い師が祓った……」

「そう」

「じゃあ、もしかして、暴行傷害も狐憑きのせいだというのか？」

「おそらくそういうことだと思う」

南部は、苦笑した。

「ばかも休み休み言え。誰がそんな話を信じるかよ」

「俺だって信じているわけじゃない。だが、鬼龍は事実、宮本を祓った。宮本が別人のようになった理由を知りたいんだろう？　それがこたえだよ」

「そんなこたえじゃ納得できない」

「俺だって納得しているわけじゃない。だがな、俺は同じような経験をしている」

「同じような経験？」

「最近で言うと、世田谷区の事案だ。ここの事案と同じく中学生が、やはり同級生を刃物で刺した」

「刺したやつが、狐憑きだったというのか？」

「いや、狐憑きが同級生を操って自分を刺させたんだ」

「刺させた？　何でそんなことを……」

「刺したほうは、警察に捕まり、社会的な制裁を受ける。それを目論《もくろ》んだんだ」

「それで……？」

南部は、少しだけ興味を引かれた様子だ。

「鬼龍の仲間に、安倍孝景というのがいてな……。いや、仲間というより、ライバルかな……。その二人が、双方を祓った」

「双方……？　狐憑きじゃないほうも祓ったのか？」

「老狐といって、歳を取って霊力が強くなった狐が憑いていたらしい。その狐が、二人の少年を操っていた。だから、両方を祓う必要があった」

南部は、またしばらく無言で考えていた。おそらく、笑い飛ばすか、納得いくまで話を聞くか、決めかねているのだろうと、富野は思った。

やがて、南部が言った。

「悪いが、俺は現実主義者なんでな……。そんな話を真に受けるわけにはいかない」

富野は言った。

「俺だって現実主義者だよ。だから、現実をちゃんと見てるんだ。世田谷区の件でも、老狐に操られた少年は、堂々と落ち着き払って、老人のような話し方をした。宮本と同じだったんだよ。それは、あんたが見たとおりだ。そして、宮本が取調室から逃走するとき、常人とは思えない力を発揮した。あんたは、それも見たはずだ。そして、屋上で、鬼龍が祓った後は、宮本は気弱そうな少年になった。おそらくあれが、元の姿なんだろう。これが、唯一合理的な説明だと、俺は思う」

南部は、また考え込んだ。

富野はさらに言った。

「俺だけじゃない。ここにいる有沢も、世田谷の件と、今回の件を体験している。そうだな？」

富野が尋ねると、有沢は曖昧《あいまい》にうなずいた。

「自分も、とても狐憑きとか、信じる気にはなれないのですが、それ以外に説明がつかないんです」

富野が南部に言った。

「繰り返すが、俺だって狐憑きなんてことを、本気で考えているわけじゃない。他にちゃんと納得できる説明があるのだとしたら、それを聞きたいと思う。だが、今のところ、それが見つかっていない。だから、俺は事実を事実として受け容《い》れるしかないと考えているんだ」

「事実を事実として受け容れる？」

「そうだ。鬼龍が世田谷の少年や、宮本を祓った。祓う前の少年たちは、現実離れしていた。だが、鬼龍が祓った後は、普通の少年に戻った」

「検事や判事にはどう言ったらいいんだ？」

「それは、俺にもわからない」

「世田谷の件はどうしたんだ？」

「殺意や害意があったわけではなく、二人でふざけているうちに起きた事故だと、担当の係員には言っておいた。その係員が、検事にどう伝えたかはわからない」

「狐憑きだろうが何だろうが、金属バットで同級生をめった打ちにしたことは事実なんだ。それが、俺にとっての事実だよ。だから、その罪は償うべきだと、俺は思う」

富野はうなずいた。

「その判断は、あんたに任せる。俺は、質問されたことにこたえただけだ。嘘やごまかしは嫌だったので、俺は本当のことをこたえたつもりだ」

「狐憑きに、お祓いか……」

南部はかぶりを振った。「その話は、俺の胸の中だけに納めておくことにするよ」

「それも任せる」

「こんな話を他のやつにしたら、精神状態を疑われるからな」

「あんたは、俺の精神状態を疑っているわけか？」

「……というか、最初は俺のことをばかにしているのかと思ったよ」

「最初は？」

「ああ。今は、あんたが本気で言っているということを理解している。そして、たしかに俺は、宮本がうちの係員三人を弾き飛ばすのをこの眼で見たし、人格がころりと変わっちまうのも見た」

富野はうなずいた。

「俺も戸惑っているんだ。狐憑きとしか思えない出来事が二件も続いた。そして、どちらも中学生が被害にあっている」

「その被害というのは、傷害事件の被害という意味か？　それとも取り憑かれたという意味か？」

「両方だ。こんなことが続くなんて、どう考えても普通じゃない。何かが起きているんだ」

南部は曖昧に肩をすくめた。

「幸いにして、俺は宮本の件だけを考えればいい。狐を罰することができないんだから、宮本に罪を償ってもらうしかない。ただ、あんたが言ったように情状酌量の余地はあるし、本人は犯行をよく覚えていないと言っている。その点は、検事に伝えておく」

富野はうなずいて立ち上がった。

10

富野は、車で来ていたので、有沢を病院に運ぶことにした。ぴんぴんしていて心配はなさそうだが、頭を打っているので、念のためだ。

有沢は中目黒官舎に住んでいるので、その近くの救急指定病院に運ぶことにした。

助手席の有沢が言った。

「自分は、まだ納得がいかないんですが……」

「何の話だ？」

「狐憑きなんてことが、ですよ」

「だが、実際におまえは取調室の中ではね飛ばされて、壁に頭を打ちつけ、気を失ったんだろう？　その後、抵抗もできずに屋上まで連れて行かれたんじゃないか」

「そりゃまあ、そうなんですけど……」

「それに、世田谷の佐田と石村のことも、その眼でちゃんと見ているはずだ」

「そのとおりなんですよね……。でも、納得できないんです。いや、納得できないというより、理解できないというか……」

「世の中のすべてのことが理解できるわけじゃない。いや、理解できないことのほうが多いと俺は思うがな……」

「はあ……」

「気持ちはわかる。実際に狐憑きやお祓い師なんて、どうせ眉唾《まゆつば》だと、俺だって思っていた。そんなことが目の前で起こるなんて、思ってもみなかったからな……」

「でも、トミさんは、あの鬼龍さんや安倍さんと長い付き合いなんでしょう？　以前にも同じようなことがあったんじゃないんですか？」

「あったかもしれない。だが、人間の記憶ってのは都合がよくてな。あれは、何かの間違いだったと思い込んでしまうわけだ。あるいは、忘れちまおうとする。すると、記憶が改竄《かいざん》されることがある。だから、鬼龍と関わるたびに、今回みたいな気分になる。そのつど、戸惑っちまうんだよ」

「自分にとっては初めてのことなので、とても納得ができません」

「じゃあ、佐田と石村の件や、宮本のことを、狐憑き以外の解釈で説明してみろよ」

「いや、それは……」

「できないだろう？　俺もそうなんだ。だから、いったん狐憑きやお祓いのことを受け容れようと思ったわけだ」

「でも、専門家なんかに尋ねれば、ちゃんとした説明をしてくれるかもしれません」

「専門家？　何の専門家だ？」

「例えば、精神科医とか……」

「精神科医だって、人間の精神活動のすべてを説明できるわけじゃないんだ。狐憑きのような現象は、世界中で見られる。キリスト教圏では、悪魔憑きと言われて、カトリックにはそれを祓うエクソシズムがある。それらのすべてを精神的な疾患として説明することは、おそらくできない。こじつけになるだけだ」

「はあ……」

「本物の科学者は、現象をありのままに受け容れて、それを研究する。中途半端な科学者は、現象をこれまでにわかっている範囲の理論に当てはめようとする」

「トミさんて、妙なことに詳しいんですね……」

「鬼龍や孝景みたいなやつらと関わっていると、嫌でもそうなるさ」

病院に到着した。休日診療の手続きを済ませる。有沢が、頭を強打して、一瞬だが意識を失ったと言うと、受付の係員は救急扱いにすると言った。

「ありがとうございました。後はだいじょうぶです」

有沢が言った。

「検査の結果が出るまでいたほうがいいんじゃないか？」

「ほんと、だいじょうぶですから……」

富野は帰宅することにした。

時計を見ると、午後五時を過ぎていた。

やれやれ、また休日がつぶれてしまった。

だが、まだ時間はたっぷりある。読書をするのもいい。DVDを借りてきて、自宅で観るのもいい。

そんなことを思いながら、駐車場にやってくると、そこに鬼龍がいた。

「おい、まだ俺のことをつけ回しているのか？」

「ええと……。ちょっと、お話がしたかったので……」

「乗れよ。車の中で話をしよう」

富野が運転席に納まると、鬼龍は助手席に乗り込んできた。駐車したまま話をすることにした。

「話というのは何だ？」

「あの屋上にいた少年が、その後どうなったのかと思いまして」

「普通の中学生に戻ったよ。あんたのお祓いは、たいしたもんだ」

「まあ、それを生業《なりわい》にしてますから……。少年は、罪に問われるんですか？」

「まあ、傷害事件を起こしたことは事実だから、何らかの処分を受けるのは仕方のないことだ」

「自分の意志でなかったとしても？」

「所轄の係長が言ってた。狐を罰することができない限り、あの少年に罪を償ってもらわなければならない、ってな。それが社会の仕組みってもんだ」

「所轄の人に、狐憑きの話をしたんですか？」

「ああ。へたにごまかしてもしょうがないと思ったんでな」

「思い切ったことをしましたね」

「俺と有沢だけが背負い込んでも仕方がない。面倒《めんどう》なことは、分かち合ったほうがいい」

「その係長は、狐憑きのことをどう思っているんでしょう……」

「信じられないが、受け容れるしかない……。まあ、そういったところだろう。俺もそうだからな」

「トミ氏の縁者だというのに、心霊現象を信じないというのですか？」

「だから、俺は親や親戚《しんせき》からそういう話を聞いたことがないんだ。自分に能力があるとも思えない」

鬼龍がうなずいた。

「そうでしょうね。でなければ、警察官にはなっていなかったはずです」

富野はその一言を怪訝に思った。

「それは、どういうことだ？」

「警察官は、どうしたって死体に触れるでしょう」

「トミ氏の一族は、死を穢《けが》れと見なすので、決して死体に近づかないんです」

冨野は、そう言われて思い出したことがあった。

「思い当たる節がないわけでもない……。うちの祖父母は、決して葬式に出なかった。他人の葬式はおろか、親戚の葬式にも、だ」

「それが、トミ氏一族の伝統です。冨野さんの霊力が封印されているのは、死体に触れる仕事をしているからかもしれません。然《しか》るべき禊《みそぎ》をして、生活を改めれば、力がよみがえるのではないでしょうか？」

「必要ないな。俺は、警察官として生きることに満足している。訳のわからない能力なんて、欲しくもない」

「惜しいですね……。大国主の末裔《まつえい》なのに……」

「そういう話もどうでもいい。俺は、まっとうな社会人でいたいだけだ。できれば、あんたや孝景のような人たちとも関わりたくない」

「しかし、そうもいかないでしょう」

「それは、どういう意味だ？」

「狐憑きと思われる者たちによる事件が、続けて二件起きました。しかも、どちらも中学生が起こした事件でした。これは偶然とは思えません。そして、もしかしたらこれは、氷山の一角に過ぎないのかもしれません」

「あんたは、昨日も似たようなことを言っていたな。これから先も、同じような事件が起きると言いたいのか？」

鬼龍はきっぱりと言った。

「起きるでしょう」

富野は、思わず唸《うな》っていた。

「さっさと狐の霊を退治してくれ」

「まず、何が起きているのかを確認しなければなりません。そのために、俺や孝景が富野さんの側《そば》にいる必要があると思います」

「待てよ。警察を利用しようってのか？」

「事件が起きれば、まず警察に知らせが入りますからね」

「あんたたちだって、独自の情報網を持っているんだろう？」

「逆立ちしたって警察の情報収集能力には勝てませんよ」

富野は、考えた。

世田谷区の件も、江戸川区の件も、鬼龍や孝景がいなければ、解決しなかったかもしれない。

連続して、狐憑きとしか思えないような現象が起きて、それが事件となった。こんなことが立て続けに起きるのは、どう考えてもおかしい。

何かが起きている。だが、それが何であるか、富野にはわからない。警察がどんなに捜査してもわからないだろう。

鬼龍が言うように、何が起きているのかを確認しなければならず、そのためには鬼龍や孝景の力が必要かもしれない。

富野は言った。

「では、我々もあんたたちを利用させていただくことにするか……」

「それでいいと思います」

富野はさっそく、疑問に思っていたことを、鬼龍に質問してみることにした。

「佐田のときと同様に、今回事件を起こした宮本というやつも、時代がかった老人のような話し方をした」

「老狐が憑いていたのだと思います」

「もしかしたら、石村に憑いていた狐と同じやつかもしれないと思ったんだが、時期が合わない」

「時期……？」

「あんたらが石村を祓ったのは、木曜日。つまり二日前だ。宮本がおかしくなったのは、五日ほど前からだと言っていた。つまり、宮本に憑いていたのと、石村に憑いていたのは、別の狐ということになる」

鬼龍は考え込んだ。

「なるほど、別の老狐というわけですか……」

「お祓いをしたからといって、狐の霊が消滅するわけじゃないんだろう？」

「そうですね。たいていは、人の体から追い出すだけです。それは、キリスト教のエクソシズムも同様です。悪魔が滅びるわけではないのです」

「じゃあ、物騒な老狐は、一匹だけじゃないということになるな」

「そうかもしれません」

「これからも、同様の事件が起きると、あんたは言った」

「はい」

「なぜなんだ？　どうして急にそんなことが続発するようになったんだ？」

「わかりません」

鬼龍が言った。「しかし、それを突き止めなければなりません」

11

翌日の日曜日は、ゆっくり休みたいと、富野は切実に願っていた。

事件で呼び出されるのはごめんだ。特に、鬼龍や孝景が絡む事件には、しばらく関わりたくなかった。

日が暮れて、今日はこのまま静かに終わりそうだと思った。

近所の店に飲みに出ようかと思ったが、なぜか抵抗があった。それが虫の知らせだったのかもしれない。

夜中の一時過ぎに携帯電話が鳴った。寝入りばなだったので、一瞬金縛りを起こしそうになった。

意識は覚醒《かくせい》しているが、体が眠ったままだったのだ。

ようやく手を伸ばし、携帯電話に出た。

「はい、富野」

相手は、当番の係員だった。

「すいません。少女が複数の男たちに連れ去られたという通報がありまして……」

富野は舌打ちした。

少年犯罪の多くは、性犯罪だ。休日の夜は、羽目を外すのだろう。こうした犯罪が増える。

「それで、行方はわかっているのか？」

「ええ、まあ……」

何だか煮え切らない言葉だ。富野は苛立《いらだ》った。

「おい、被害者は保護したのか？」

「保護したというか、身柄を確保しました」

「何だって？　どういうことだ？」

「少女は、明治通りの渋谷《しぶや》と原宿の間で、ワゴン車に乗った男たちに拉致《らち》された模様なんですが、そのワゴン車が、千駄ヶ谷《せんだがや》二丁目あたりに駐車していたんです。明治通りの路上です。通報を受けて行方を追っていた、所轄の地域課係員が発見したのですが……」

「おい、こっちは夜中に叩《たた》き起こされて機嫌が悪いんだぞ。要点を言ってくれ」

「それが、自分にもよくわからないんですよ。ワゴン車に乗っていた男たちは、全員大けがをしているんですが、少女はかすり傷一つないんです」

「男たちが全員大けがをしているって……？」

「そうなんです」

「少女一人に、複数の男性だったんだな？」

「はい。男性は、四人いました。一人がワゴン車を運転しており、あとの三人が少女を拉致したらしいのですが……」

「現場は、千駄ヶ谷二丁目だな？」

「はい。そこにまだ車があります」

「その少女の身柄は？」

「念のため、病院に運んだということですが……。なんでも、話が要領を得ないのだとか……」

「わかった。有沢には連絡したか？」

「はい。連絡済みです」

富野は電話を切り、しばしベッドに腰かけてぼんやりとしていた。すべての警察官が、常にきびきびと行動できるわけではない。

土曜日と日曜日（正確には月曜日の未明だが）に続けて呼び出しを食らえば、うんざりとした気分にもなる。

すぐに外出の用意をしないのは、せめてものささやかな抵抗だ。

やがて富野は、腰を上げ、外出の準備にかかった。

酒を飲まなかったので、車で出かけることができた。

明治通りに出て原宿を通り過ぎる。午前一時半になろうとしている。この時間でも、まだ若者の姿がちらほらと見られる。

こいつらは、いったい何をしているんだろう。終電が出てしまった後、あてどもなく街をさまようのだろうか。

さっさと帰って寝ればいいものを……。

富野は、運転をしながらそんなことを考えていた。

現場はすぐにわかった。パトカーや鑑識車が来ている。機動捜査隊の覆面車もいるようだ。

富野は、それらの車列の最後尾に、自分の車を駐《と》めた。黒のワゴン車が問題の車のようだ。富野は、それに近づいた。

有沢が先に現着しており、富野に気づいて言った。

「あ、ごくろうさんです」

「まったく、ごくろうだよなあ……」

富野は、ワゴン車の中を覗《のぞ》き込んだ。座席におびただしい血痕《けっこん》が見えた。男たちが大けがをしたと、当番の係員が言っていたので、その血だろう。

富野は言った。

「いったい、どういうことなんだ？」

有沢がこたえた。

「さあ……。自分も、来たばかりで……」

「この車は、原宿署の地域係が見つけたと、当番が言っていた」

「そうらしいですね」

「じゃあ、おまえ、その地域課の係員を見つけて話を聞いたらどうなんだ？」

「あ、すいません……」

有沢は慌てた様子で、制服を着た所轄の地域課らしい係員のもとに駆けていった。

やがて、一人の地域課係員を連れて戻って来た。

「小島《こじま》部長さんです。彼がこの車を発見したそうです」

この場合、部長というのは、巡査部長のことだ。小島は、三十代後半の巡査部長だ。

富野が尋ねた。

「発見したときの様子を教えてくれ」

「若い女性が車に押し込められたという通報があったので、渋谷署、原宿署の指定配備をしていた。自転車で明治通りの配備場所に向かう途中に、この車が駐車しているのに気づいた。無線で流れた対象車両と特徴が一致するので、調べてみたら、四人の男が血まみれで倒れていたんだ」

「拉致された少女は？」

「車の外から、その男たちを平然と眺めていたよ」

「眺めていた……？」

「そう。車の外にたたずんでな。まるで、仕留めた獲物を満足げに眺めているようだった……」

「仕留めた獲物だって？」

富野が聞き返すと、小島巡査部長は、はっとしたような顔で言った。

「いや、失言かもしれない。だが、そんな気がしたんだ」

「その少女にけがはなかったんだな？」

「無事だった」

「それは、性的な被害も受けていないということか？」

「無事だった」

小島巡査部長は、同じ言葉を繰り返した。「病院で確認したそうだ」

「その少女は、まだ病院にいるのか？」

「いると思う。病院にいなければ、ＰＳに身柄を運んだと思う」

原宿署に身柄を運ぶということだ。

「男たちは、どんなけがだったんだ？」

「ひどい血だったので、驚いたが、その多くは鼻血や、額、頭部から出血したものだった」

　富野はうなずいた。

　いずれも、おびただしく出血する場所だ。派手なけがに見えるが、実際にはそうでもないことが多い。

「つまり、顔面や頭部にけがをしているということだな？」

「腕には食いつかれた跡がある」

「食いつかれた……」

「人間が咬《か》んだというより、獣に咬まれたような痕だった。そこからも出血していた」

「誰が咬んだんだ？」

「拉致された女だと思う。発見したとき、口元に血がついていたから……」

「その四人は、病院か？」

「四人とも、動けない状態だったので、救急車で運んだ」

「動けない状態……？」

「二人は、頭部や顔面を強打して意識を失っていた。一人は足を折っていたし、もう一人は肩を脱臼《だっきゅう》していた。それも両肩を……」

　富野は眉をひそめた。

「誰かが、その少女を助けたということか？」

「現場には、四人の男たちと少女しかいなかった」

「じゃあ、どうしてそんな惨状になったんだ？」

小島巡査部長は、かぶりを振った。

「それが、わからないんだよ」

富野は、しばらく考えてから言った。

「その少女の所在を確認してくれ。会いに行ってみる」

「了解した」

小島巡査部長は、富野と有沢から離れると、制服のショルダーループに装着してある無線のマイクに向かって、何事か話しはじめた。

富野は、夜中に呼び出されて不機嫌だったが、事件の内容を知るにつれ、ますますうんざりとした気分になってきた。

これはまた、鬼龍や孝景に頼らざるを得ない事案なのかもしれない。そんな気がしてきたからだ。

小島巡査部長が戻ってきて告げた。

「彼女は、まだ病院にいる」

「病院は、この近くか？」

「青山の救急病院だ」

小島巡査部長から、病院名と所在地を聞いて、富野は車に戻った。有沢が追いかけてきて言った。

「自分も乗せてもらえますか？」

「当然だ。助手席に乗れ」

富野は、車を出した。

病室の少女を一目見て、やはりこれは鬼龍や孝景の専門分野だと思った。

治療着に着替えているので、どんな服装をしていたのかはわからない。だが、その表情が異常だと、富野は感じた。

眼がらんらんと輝いている。

そして、病室を訪ねた富野を挑むように見ていた。それだけなら、複数の男性に襲われそうになったための興奮状態だとも思えた。だが、その少女の目つきは明らかに妙だった。

富野は、その少女に言った。

「名前を教えてくれるか？」

少女は、噛《か》みつくような勢いで言った。

「我に名前などない」

その声を聞いて、富野は驚いた。隣にいる有沢も驚いた様子だった。

まるで、老人のように嗄《しわが》れている。老婆ではなく、老人だ。男のような声なのだ。

富野は言った。

「名前がないはずがないだろう。年齢は？」

「歳など忘れた」

「中学生か？　それとも高校生か？」

「我に容れ物の話を訊《き》いても、知らぬわ」

容れ物か……。

富野は、有沢に言った。

「鬼龍がそのへんにいないか探してくる」

「電話番号を知らないと言っていたのは、本当だったんですね？」

「ああ、本当だ」

「警察官とも思えないですね。不便だから、訊いておけばいいのに……」

「そうするよ」

「どうして鬼龍さんが近くにいると思うんです？」

「あいつは、俺をつけ回しているんだ」

「真夜中ですよ。自宅で寝てるんじゃないですか」

「とにかく見てくる。彼女を見ていてくれ」

富野は、病室を出た。

たしかに、有沢の言うとおりだ。いくら自分をつけ回していると言っても、鬼龍は二十四時間張り付いているわけではないだろう。

夜は自宅で寝ているると考えるのが普通だ。

だが、なぜか、鬼龍が近くにいるような気がしていた。

富野は、廊下を進みながら、そんなことを考えている自分を不思議に思っていた。

病院の夜間出入り口までやってくると、予感が的中したことがわかった。受付脇のベンチに、黒ずくめの鬼龍がひっそりと座っていた。

富野は言った。

「やっぱりいたか……」

「俺の仕事があるんじゃないかと思いましてね」

「まさか、俺を二十四時間見張っているわけじゃないだろうな」

「俺は、見張ってません」

「俺は？　そうか。仲間がいて、俺を監視しているのか……」

そういうことだったのかと、富野は納得した。鬼道衆のネットワークがどの程度のものか、富野は知らない。だが、何人か交代で富野を見張るくらいのことはできるだろう。

それについて、鬼龍は否定も肯定もしない。

富野は言った。

「電話番号を教えてくれ。そうすれば、俺を監視する手間がはぶける」

「連絡をくれるということですか？」

「協力し合うと約束しただろう。俺は、約束は守る」

「それはありがたいですね」

富野は鬼龍と携帯電話の番号を交換し、それを登録した。

「来てくれ。妙なことになっている」

「どんな事件なんですか？」

富野は、廊下を進みながらかいつまんで事件の内容を説明した。

「へえ、四人の男を……」

「そいつら、自業自得だけどな」

「とにかく、会ってみましょう」

病室にやってくると、有沢がスライドドアの外に立っていた。

富野は彼に尋ねた。

「どうしたんだ？」

有沢は、情けない顔をして言った。

「いや……、どうしても彼女と二人きりで病室の中にいる気がしなくてですね……」

わかるような気がした。

あの目つきでずっと睨《にら》まれていたらたまらなくなるだろう。

それから有沢は、鬼龍を見て言った。

「驚いたな……。本当にいたんですね」

「鬼龍に彼女の様子を見てもらう」

三人で病室の中に入った。

少女は、相変わらずすさまじい眼差《まなざ》しを向けてくる。

鬼龍がつぶやいた。

「ああ……。なるほど……」

富野は尋ねた。

「どうなんだ?」

「典型的な狐憑きですね」

「狐憑きに、典型的とか、そうでないとか、あるのか?」

「いろいろなケースがありますよ。石村君の場合は、変則的なケースでした。侍者《じしゃ》を、狐憑きのように見せかけていましたからね」

「看護師とか医者が来ないうちに祓ってくれ」

「やりますよ。仕事ですからね」

鬼龍がずいと前に出ると、少女は獣じみた声を洩《も》らした。犬が唸っているようだった。

「ヒ・フ・ミ・ヨ……」

鬼龍が、九字を切りながら、いつもと同じ文言を唱えはじめる。

少女の様子がますますおかしくなった。

顔を歪《ゆが》めて、歯をむき出した。唸り声が大きくなっていく。激しい怒りの表情で、鬼龍を睨みつけている。

蒲団《ふとん》をはねのけ、足をばたつかせる。治療着の下に何も着けていないのがわかった。

少女は裾《すそ》がめくれるのもおかまいなしで、暴れはじめた。

鬼龍は、表情を変えず、言葉を続ける。

「イ・ム・ナ・ヤ……」

少女は、ますます激しい表情になっていく。口を大きく開けて、よだれが垂れるのもかまわずうめき声を上げる。

そして、老人のように嗄れた声で言った。

「おのれ、なにゆえ、我を追い出そうとする……」

鬼龍は、こたえずに、九字を切り、同じ文言を繰り返す。

ついに、少女は鬼龍に飛びかかろうとした。

鬼龍は一歩も動かなかった。

少女の手が、鬼龍の顔に伸びる。その手が届きそうになった瞬間、鬼龍が、右手の人差し指と中指をそろえて前方に突き出した。

「ココノ・タリ」

室内がまばゆく光り、富野は思わず右手をかざして眼を覆った。

目を開けたとき、まず見えたのは、有沢の不思議そうな顔だった。ぽかんと富野のことを見ている。

眼を覆った理由がわからなかったらしい。やはり、有沢には鬼龍らの放つ光が見えていないのだ。

鬼龍は、無言で少女を見つめていた。芸術家が作品の出来映えを確認しているようだと、富野は思った。

富野は鬼龍に言った。

「どうだ？」

鬼龍は、一歩退いた。少女の様子がよく見えた。

彼女は呆然《ぼうぜん》としている。宙を見つめ、口をぽかんと開けていた。その様子を見つめる富野と有沢も身動きを止めていた。誰も口をきかない。

時間が止まったようだった。

やがて、彼女が富野と有沢を見た。

それから自分の服装に気づき、治療着の裾を直して、蒲団を胸のあたりまで引きあげた。

表情がすっかり変わっていた。不安気な少女の表情だ。先ほどとは印象が一変していた。表情が変わるだけで、別人のようになった。なかなかかわいい子だったんだと、富野は思った。

「あの……」

少女が言った。「ここはどこ？」

富野がこたえた。

「病院だ」

「病院……？　あなたたちは？」

富野は警察手帳を出し、開いて見せた。

「警視庁の富野と言う。こっちは有沢。そして、鬼龍」

「警察……？」

「何も覚えていないのか？」

「覚えてないいって、何を？　何があったの？」

「君は、ワゴン車に乗った男たちに、拉致されたんだ。そして、今、病院にいる」

少女は、驚きの表情を浮かべた。そして、気味悪そうに言った。

「え、まさか、それって……」

「何だ？　何か覚えているのか？」

少女はこたえた。

「ええと……。拉致されたのって、夢の中の出来事だったんだけど……。ってことは、これも夢？」

その言葉を聞いても、富野はもはや驚きもしなければ、奇妙だとも感じなかった。

「夢だと思っていたことが現実だったんだ。だが、心配ない。君は無事だったんだ」

「無事だった……？」

「拉致された後のことは、覚えているか？」

「なんだか、ひどくムカついたのだけは覚えてるけど……」

「自分が何をしたのか、覚えてないんだな？」

「覚えてない……。てか、何やったの、私……」

富野は考えた。

覚えていないのに、事実を伝える必要はないだろう。

狐に憑かれて、四人の男を半殺しにした、などと教えても、何にもならない。

なるべく彼女が傷つかないようなストーリーを考えてやるべきだ。

その前に、まず彼女の素性を確認しなければならない。

「名前を聞かせてくれるか？」

「金沢《かなざわ》未咲《みさき》」

「どんな字を書くんだ？」

「石川県金沢市の金沢。未来の未に、花が咲くの咲くという字で、未咲」

「年齢は？」

「十四歳」

「学校は？」

未咲は、都内の公立中学校の名前を言った。

「何年生だ？」

「二年生」

有沢が、それをメモしていた。

富野は、うなずいてから言った。

「君は、渋谷と原宿の間くらいのところで、ワゴン車に無理やり乗せられた。男たちの目的は、おそらく君に乱暴することだ。だが、なぜか、すぐに彼らは仲違《なかたが》いを始めた。そして、殴り合いの喧嘩《けんか》を始めたんだ」

「殴り合い……？」

未咲は、不思議そうな顔をした。「車の中で？」

「そういうことだ。運転していた男は、喧嘩を止めようとして、車を路上駐車した。そして、結局その男も喧嘩に巻き込まれ、男たちは四人とも大けがをしたんだ。今、病院で治療を受けているはずだ」

「なんだか、ばかみたいな話」

「俺もそう思うよ。だが、それが事実だ。誰かに事情を訊かれたら、そうこたえるといい」

「覚えていないのに？」

「それ以外に、四人の男たちが大けがしている説明はつかない。そうだろう？」

未咲は、しばらく考えてからこたえた。

「そうかもね」

「では、俺たちは引きあげる」

「私はいつ帰れるの？」

「医者がいいと言えば、いつでも帰れるはずだ。警察の者が事情を聴きに来るだろう」

「おじさんも警察の人なんでしょう?」

おじさんと言われて、ちょっとおもしろくない気分になった。だが、中学生から見れば、自分は充分におじさんだと思い直した。

「そうだが、君のことを直接担当する者が、話を聞きに来る」

「……で、今おじさんから聞いた話をするの?」

「それは君の自由だが、それが一番いいと、俺は思う」

未咲は、またしばらく考えた。

「わかった」

12

富野は、鬼龍、有沢とともに病室を出た。

廊下を進みながら、富野は鬼龍に言った。

「典型的な狐憑きだと言ったな？」

「ええ」

「しゃべり方が、じいさんみたいだった。憑いていたのは老狐だったのか？」

「そうだと思います」

「三人目だな」

「はい」

「老狐ってのは、そんなにごろごろいるものなのか？」

「いいえ。だいたい、こんなに頻繁に狐憑きの現象が起きるなんて、普通じゃありません。それに、老狐が憑くことはかなり珍しいことなんです」

「この四日間で、三人が老狐に取り憑かれた」

「もう月曜日ですから、正確には五日間でしょうか……」

「実質的には四日間だよ。短期間に三例。これは、珍しいことなんだな？」

「珍しいというか、ほとんどあり得ない頻度ですね」

「俺は、おまえや孝景が、毎日のように誰かを祓っているのかと思っていた」

「憑依《ひょうい》現象は、けっこう珍しい出来事なんですよ」

「まあ、そうじゃないと困るがな……。じゃあ、今俺たちが直面しているのは、いったいどういうことなんだ？」

「それは俺にもわかりません」

「過去にこんなことはなかったのか？」

「ありませんでした。少なくとも、俺も孝景も経験したことがありません」

「何が起きているんだ……」

富野は、独り言のようにつぶやいた。

鬼龍は、無言でかぶりを振った。わからないという意味だろう。

「最初は、中学三年生、次が中学二年生。そして、今回も中学二年生……。それに、何か関係があるのかな……」

富野の言葉に、有沢が言った。

「みんな十四歳ですからね……」

富野が立ち止まり、振り返った。

「全員十四歳……？　間違いないか？」

「ええ、間違いありませんよ」

富野は再び歩き出して言った。

「そのことに、何か意味があるのかな……」

鬼龍が言った。

「その他の共通点も、洗い出してみる必要がありそうですね」

富野はうなずいた。

「佐田と石村の件だけではわからなかったかもしれない。だが、三件あれば、何か共通点が見つかるかもしれないな……」

「そうですね」

富野は有沢に言った。

「そういうことだ。朝になったら、さっそく取りかかるぞ」

有沢は、おそるおそる言った。

「あのお、それって警察の仕事なんですかね……」

「何だって？」

「いえ、警察はあくまで法に触れることを取り締まったり検挙したりするのが仕事ですよね？　三人の少年少女が、狐に憑かれたなんて……。それって、警察が調べるべきことなんですか？」

「憑依された少年少女は、実際に傷害事件などを起こしているんだ。看過はできないだろう」

「はあ……」

「それにな。本来、警察の仕事なんて、ここからここまで、なんて線引きはできないんだ。もっとも、おまえみたいな若いやつらは、ドライに線を引きたがるがな……」

「いえ、そういう意味で言ったわけじゃないんです」

「じゃあ、どういう意味で言ったんだ？」

その質問に、有沢はしばらく考え込んだ。やがて、彼は言った。

「理解ができないものに、関わりたくなかっただけかもしれません」

「俺だってそうだよ。木曜、土曜、そして今日と傷害事件なんかで呼び出されている。この頻度だって、考えてみれば異常だ。そして、元を絶たないと、この先も、少年の傷害事件などが頻発して、俺たちは休みなく呼び出されるはめになりかねないんだ」

「なるほど……」

有沢がうなずいた。

すると、鬼龍が言った。

「こちらも同じことです」

富野は訊いた。

「同じこと？」

「こんなに狐憑きが頻発すると、祓っても祓ってもきりがない。富野さんがおっしゃるとおり、元を絶たなければだめだと思います」

「だが、その元が何なのかわからない。それをどうやったら突き止められるんだ？」

「俺にもまだわかりません。孝景とも話し合っているのですが……。ですから、まず、これまで老狐に憑かれた中学生たちの共通点を探していくことだと思います」

富野はうなずいた。

「訳がわからないが、とにかくやるしかないだろう」


狐憑きだ、お祓いだという話に比べれば、事件に関わった少年少女たちの共通点を見つける作業は、心穏やかでいられる。

普段やっていることと変わらないからだ。

富野は、有沢に言った。

「ネイムというSNSを洗ってみる必要があるな」

有沢は、驚いた顔で言った。

「ネイムですか？」

「石村と宮本が、ネイムの占いアプリをやっていると言っていた。つまり、老狐に憑依された二人の少年がそのアプリを使っていたということだ」

「今どきの若い連中は、みんなSNSをやってますよ。むしろ、やってないやつを探すほうがたいへんじゃないかと思いますよ」

「だが、共通点は共通点だ。金沢未咲にも確認してみる必要があるな」

「SNSは関係ないと思いますけどねえ……」

「関係ないことを証明することも重要なんだよ。いいから、調べてみろ」

「わかりました」

「原宿署に連絡して、金沢未咲と連絡を取る方法を訊いておけ。もう一度話を聞きに行こう」

「後のことは、原宿署に任せるんじゃないんですか？」

「事件をどう処理するかは任せる。俺が訊きたいのは、事件の話じゃない」

「どうして狐憑きなんかになったか、ということですね？」

「まあ、そういうことだ」

「この時間帯だと、彼女は学校でしょうか」

「じゃあ、学校に行って訊いてみようじゃないか」

有沢が、原宿署に電話をした。そして、金沢未咲の住所と自宅の電話番号、携帯電話の番号を訊き出した。

こういう場合、電話でアポなど取らずに出かけて行くのが富野のやり方だった。不意をついたほうが、訊き出せることが多いのだ。

通っている学校は、未明に病院で本人から聞いていた。まずは、学校を訪ねてみることにした。

杉並区下高井戸《しもたかいど》にある中学校だ。

富野は、普段は電車で通勤しているので、中学校へも電車やバスといった公共の交通機関を使って移動することになる。

ドラマや映画の刑事たちは、みんな車で移動している。つくづくうらやましいと思う。

最近は、少子化で都内の小中学校がどんどん閉鎖されている。特に都心部でその傾向が顕著だ。

だが、この中学はなかなか規模が大きく生徒数も多いようだと、富野は、一目見て思った。

受付で、警察手帳を見せると、ひどく警戒された。学校関係者は、生徒が警察沙汰《ざた》になるのを嫌う。

問題が起きても、それが外部に漏れないうちに片づけてしまおうとするのだ。だから、学校での出来事は、なかなか社会問題化しない。

いじめも学級崩壊も、かなり深刻になるまで、表に出なかった。それは、すべて内部で処理をするという学校の体質のせいだ。

受付には中年女性がいた。彼女も教師なのかもしれない。

富野は彼女に言った。

「こちらに、金沢未咲という生徒さんがおられると思うのですが……。ちょっと、お話を聞きたいのですが……」

「少々お待ちください」

しばらく待たされた。すると、地味な背広を着た、白髪頭の男が出てきた。

「教頭の春日《かすが》と申します」

富野は言った。

「私は、教頭先生に会いたいとは一言も言ってませんよ。金沢未咲という生徒さんに会いたいと言ったのです」

「金沢未咲にどんなご用件でしょう?」

「それは本人に言います」

「生徒が何か警察にやっかいになるようなことをしたのなら、私どもはちゃんと把握しておかなければならないのです」

「彼女が何かをしでかしたわけじゃない。ただ話を聞きたいだけなんです。会わせてくれないというのなら引きあげますよ。自宅を訪ねればいいだけのことですからね」

富野は、学校を訪ねてきたことを後悔していた。一刻も早く話を聞きたいと思ったのでやってきたのだが、少々せっかちだったかもしれない。

彼女が自宅に戻るのを待って、訪ねて行けばよかったのかもしれない。しかし、来たからには、やるだけのことをやろうと思った。

教頭は、ちょっと慌てた様子で言った。

「いえ、会わせないと言っているわけではないのですが……。ちょっと、担任に確認してみます」

教頭は、そう言うと、奥に引っ込んだ。富野と有沢は、受付の前でしばらく待たされた。

富野は有沢に言った。

「もう、病院にはいないんだろうな」

「所轄では、未明に話を聞いた後、自宅に送って行ったと言ってました。でも、自宅に帰ったのが未明ですから、今日は学校を休んでいるかもしれませんね」

「もしそうだとしても、当たってみるのが警察なんだよ」

教頭が再び顔を見せた。

「すみません。金沢未咲は、本日は休んでいるということです」

子供の使いじゃないんだから、このまま帰る手はない、と富野は思った。

「じゃあ、担任の先生に話を聞かせてもらえませんか？」

教頭は、一瞬戸惑いを見せた。

「わかりました。では、お上がりください。そこにあるスリッパをお使いください」

富野と有沢が靴を脱いでスリッパに履き替えていると、教頭が受付から出て来た。

「どうぞ、こちらへ……」

富野たちは、進路指導室という札が出ている部屋に案内された。そこで、またしばらく待たされた。

教頭は、三十代半ばの男性といっしょに戻って来た。

「担任の島本《しまもと》です」

紹介された男性教師も、警戒心を露《あら》わにしている。

富野と有沢が並んで着席した。テーブルを挟んで、島本と教頭が並んで座った。

本当は、担任一人に話を聞きたかった。だが、教頭の立場もあるのだろう。富野は、あえて文句は言わないことにした。

島本が言った。

「あの……。金沢に何かあったのでしょうか？」

「昨日の深夜、正確には今日の未明ですが、四人組の男に拉致されたのです」

島本と教頭が顔を見合わせた。島本が、富野に視線を戻して尋ねた。

「それで、金沢は……？」

「幸い、怪我もなく保護されました。暴行などもされていません」

島本は、ほっとした表情になった。

「そうですか……」

四人の男が大けがをしたことは言わないでおくことにした。マスコミがどの程度この事件に注目するかわからないが、もし報道されたら、事実を知ることになる。

もしかしたら、所轄が来て、事実を知らせるかもしれない。いずれにしろ、富野が知らせてやる必要はない。

富野は島本に言った。

「午前一時頃、渋谷と原宿の間を歩いていて、拉致被害にあったわけですが、金沢さんの普段の素行はどうなんですか？」

「いや、深夜に出歩くような子じゃないんですが……」

「特に問題がある子じゃないんですね？」

「問題があるどころか、実に真面目な子です。成績もいいほうですし、ちゃんと部活もやってます」

「部活は、何を……？」

「美術部です」

「美術部……。絵を描くのですね？」

「昔は、デッサンだの油絵だのという活動をしていましたが、今はコンピュータのペイントツールなんかを使って絵を描いたりしていますね」

「なるほど、時代が変わったんですね」

「しかし、金沢が深夜に渋谷や原宿に出かけていたなんて、意外ですね」

「友達付き合いは、どうですか？」

「特に問題はなかったと思います」

「いじめとかもなかったんですね?」

「ありませんでした」


 富野は、いちおう信じておくことにした。

 もし、そういう問題があっても、教師が把握していないこともある。だが、島本の口調は自信に満ちていた。


「最近、変わった様子はありませんでしたか?」

「変わった様子ですか?」

「以前と態度が変わったとか……」


 島本が、急に落ち着かなくなった。富野は、さらに尋ねた。


「何かあったんですね?」

「いえ、何かあったというより、先週は学校を休んでいましたから……」

「先週の何曜日から……?」

「木曜日から来ていません」

「理由は?」

「お母さんから連絡をいただいたのですが、そのときは、風邪を引いたと……まだ何か隠しているな……


 富野は、そう思い、尋ねた。

「学校を休む前に、何かありましたね?」

島本の顔色が悪くなった。ちらりと教頭のほうを見た。教頭は怪訝《けげん》そうに島本を見ている。どうやら、教頭は事情を知らないようだ。

富野は畳みかけた。

「何があったんです？」

島本は、もう一度教頭を見てから、言いづらそうに身じろぎした。

富野は、さらに一押しした。

「どんなことでもいいので、話してください」

すると、島本は言った。

「あの……。狐憑きって、信じますか？」

今度は、富野と有沢が顔を見合わせる番だった。

13

富野は、思わず有沢と顔を見合わせていた。まさか、学校の教師から「狐憑《つ》き」という言葉を聞くとは思っていなかった。

春日教頭が、島本に尋ねた。

「狐憑き……？　それは、いったい何のことだね？」

島本は、居心地悪そうに身じろぎしてから言った。

「さぞかし、おかしなことを言うとお思いでしょう。でも、そうとしか思えないんです。狐憑きか、あるいは、悪魔憑き……」

教頭の春日が、苛立《いらだ》った様子で言った。

「だから、いったい何の話をしているのかと訊《き》いてるんだ」

「金沢ですよ。急に様子がおかしくなって、クラスの生徒たちが、そういう噂をしていたんです」

富野は、黙って話を聞くことにした。余計なことは言わないに限る。

教頭が尋ねる。

「様子がおかしくなったって、どういうふうに？」

「まるで、男のようなしゃべり方をしたり、恐ろしい目つきで、人を睨《にら》んだり……。獣のような声を出すこともあったと、生徒は言っていました」

「それは、いつのことだ？」

「休む直前のことです。だから、ご両親は風邪だと言っていましたが、きっと風邪で休んでいたわけじゃないと思います」

島本が、おそるおそるという体《てい》で、富野と有沢を見た。富野は、それでも黙っていた。

島本は、気まずそうに言った。

「こんなことを言っても、信じてはもらえないでしょうね」

富野は言った。

「信じないわけではありません」

それを聞いて、島本は意外そうな顔をした。

「警察の方が、狐憑きを信じるというのですか？」

「狐憑きそのものを信じるかどうかは別として、生徒たちがそのように噂していたという事実は、信じます」

「ああ、そういうことですか……」

我ながら、うまく切り抜けたと思った。

狐憑きを信じる、などと言ったら、今度はこちらの信頼に関わる。

「クラス全員が、金沢さんの変化に気づいたわけですね？」

富野が尋ねると、島本が難しい顔になった。

「そりゃあ、様子がおかしくなれば、みんな気づきますよ」

「実は、自分は、病院で金沢さんにお会いしているんです」

「病院……？」

教頭と島本が同時に言った。心配そうな顔だ。金沢のことを心配しているというよりも、何か問題が起きたときの自分の立場を心配しているのだろうと、富野は思った。

それを批判するつもりはなかった。教師とはいえ、所詮《しょせん》は他人の子供を預かっているのだ。

親身になるというのと、本気で心配するのとはまた別だ。

「ええ、事件の後、念のために病院で検査を受けたんです。ご心配なく。先ほども言ったように、金沢さんは無事でした」

「それで……」

島本が尋ねた。「金沢はどんな様子でしたか？」

狐憑きだったが、知り合いのお祓《はら》い師がちゃんと祓った。

そんなことを言う必要はないと、富野は思った。

「別に普通の様子でしたよ。まあ、男たちに連れ去られた直後だったので、ひどく怯《おび》えた様子でしたが、今はもう落ち着いていることでしょう」

島本が眉《まゆ》をひそめる。

「その……。本当に普通でしたか？」

「普通の金沢さんがどんなか、よく知りませんが、見たところ、普通の女子中学生でしたね」

島本は、ほっとした様子で言った。

「そうでしたか……」

「これから、自宅を訪ねてみようと思います」

島本と教頭は、急に不安そうな顔になった。

教頭の春日が言う。

「金沢に、どんなお話が……？」

「事件の詳しい状況とかを尋ねなければなりません」

富野は嘘をついた。それは、所轄の仕事だ。本当は、どうして狐憑きになったかが知りたいのだ。

まあ、本人に訊いてもわかるとは限らないが……。

島本が言った。

「私が同行してもよろしいでしょうか？」

はっきり言って、迷惑だった。質問の内容を、第三者に知られたくはない。

「それには及びませんよ。これは、警察の仕事です」

「しかし、担任の私には責任があります」

「そうお考えでしたら、もっと早く彼女の自宅を訪ねるべきだったんじゃないですか?」

「それは……」

島本は、言葉を失った。

富野は言った。

「いえ、別に責めているわけじゃないんですよ。先生と警察の役割は別だと言いたいだけです。では……」

富野が立ち上がると、有沢も慌てて腰を上げた。

教頭と島本は、驚いた顔で富野を見た。唐突な行動に見えたのだろう。富野にしてみれば、もうここは用済みだ。長居をする必要などない。

玄関に向かうと、教頭と島本がついてきた。別に、見送りなど不要だ。だが、それを言っても角が立つだけだ。

富野は、会釈をして学校の玄関をあとにした。

「担任が狐憑きと言ったときは、驚きましたよ」

金沢未咲の自宅に向かいながら、有沢が言った。

「別に驚くことはないだろう」

富野は言った。「その眼で何度も見ているじゃないか」

「そういうことじゃありませんよ。まさか、学校の先生の口から聞くとは思わなかったということです」

「狐憑きのエキスパートのような口ぶりだな」

「誰もそんなこと、言ってないじゃないですか」

「まあ、いろいろと経験したから、俺たちは、狐憑きについては、かなり知っているほうだと思うぞ」

「ですから、自分はまだ納得したわけじゃないんですってば」

それから、二人はほとんど会話をせずに、金沢の自宅を探した。

学校から歩いて十分ほどのところだった。一戸建ての住宅だった。新しい家屋ではない。おそらく、金沢未咲の祖父以前の代からの住宅だろうと、富野は思った。

インターホンのボタンを押すと、家の中からかすかなチャイムの音が聞こえてきた。

しばらくして、女性の声がする。

「はい……?」

中年女性の声だ。未咲の母親だろう。

富野は言った。

「警視庁の者です。未咲さんにちょっとお話をうかがいたいのですが」

「お待ちください」

しばらくして、玄関ドアを解錠する音が聞こえた。

中年女性が顔を出す。

「あの、昨夜の件ですか？」

「正確には、今日の未明ですが」

「さきほども、刑事さんが来られましたが……」

「ああ、所轄の刑事ですね。自分らは、警視庁本部から来ました。警察というところは、いろいろと手続きが面倒《めんどう》でしてね。未咲さんのお母さんですか？」

「そうです」

「今、お話を聞くことはできますか？」

「ええ、今なら……」

おそらく、前日までは話などできなかったと言いたいのだろう。

「失礼してよろしいですか？」

未咲の母親は、はっと気づいたように、外をさっと見回してから言った。

「どうぞ、お入りください」

近所の眼を気にしているのだろう。

古い木造家屋だが、きちんと片づいていた。家庭に問題はなさそうだった。

長年少年犯罪に関わっていると、問題のある家庭は一目でわかるようになる。どんなに取り繕おうと、問題のある家庭は、どこか崩れた感じがする。

少年たちが非行に走る原因の大部分は家庭にある。

富野たちは、リビングルームの応接セットに案内された。中流家庭を絵に描いたようなリビングルームだと、富野は思った。

母親は、二階に向かった。未咲を迎えに行ったのだろう。

「ゴルフのトロフィーですね」

サイドボードの上を見て、有沢が言った。

「父親がゴルフコンペで勝ち取ったんだろう」

母親が戻ってきて告げた。

「すぐに来ます」

その言葉どおり、ほどなく未咲が姿を見せた。

半袖《そで》のTシャツにジーパンという、ごくありふれた服装だ。

富野は、まず未咲の眼を見た。異様な光は見て取れない。不安そうな顔でやってきたが、富野を見ると、ほっとしたような表情になった。

病院で話したときに好印象を与えたのかもしれないと、富野は思った。

まあ、俺もまんざらじゃないということか……。

富野は、未咲の母親に言った。

「よろしければ、お嬢さんだけにお話をうかがいたいんですが……」

母親は、一瞬の間を置いてから、席を外せと言われていることに気づいたようだ。

「ここにいて、私も話を聞いていてはいけませんか？」

「娘さんが話しにくいこともあると思いますので……」

「私は母親なんですよ」

「むしろ肉親だからこそ聞かれたくない、ということもあるんです」

母親は、複雑な表情で富野を見ていたが、やがてあきらめたように、リビングルームを出て行った。

富野は、立ったままでいる未咲に言った。

「座ったらどうだ」

未咲は、言われるままにソファに腰を下ろす。富野たちの向かい側だ。

「警察の者に、話を聞かれただろう」

富野が尋ねると、未咲はこくんとうなずいた。

「おじさんに言われたとおりのことを話したよ」

「おじさんか……。俺は富野っていうんだ」

「富野さんに言われたとおりにしゃべった。ママにも同じことを言った」

「どうして、あんな時間に渋谷だか原宿だかにいたのかって、訊かれただろう」

「訊かれた」

「なんてこたえたんだ？」

「本当のことをこたえた」

「本当のことって?」

「覚えてないって……」

「覚えてないのか?」

「……てか、なんか夢で見ていたような気分。……じゃなくって、本当に夢だと思ってた。そうこたえた。だって、そうとしか言いようがないから」

「警察やお母さんは、何と言った?」

「夢遊病か何かかもしれないって言ってた」

「なるほど……」

誰もが、納得のいく理由を求める。そして、理屈に合わないことに出合うと、何とか説明がつく理屈を探しだそうとする。

「じゃあ、夢遊病ということにしておけばいい」

「富野さんは、知ってるの?」

「知ってる? 何をだ?」

「私に何が起きたのか……」

富野は、しばらく考えてから言った。

「クラスのみんなが、なんて噂しているか知っているか?」

未咲がとたんに不安そうな顔になった。クラスの生徒たちの動向には敏感なのだ。今どきの高校生や中学生は、過剰なほどにクラスメートのことを気にするようだ。へたな振る舞いをすると、いじめにあったり、仲間はずれにされたりする。

「何て言ってるの？」

「狐憑きだ。担任の島本先生がそう言っていた」

「島本に会ったの？」

「どうして、今どきの子供は、先生のことを呼び捨てにするんだ？」

「どうしてって言われても……。みんなそうだから……」

「俺の前では、ちゃんと島本先生と言ってくれ」

「なんで？」

「本来は、そういうもんなんだ」

「それで、私はみんなが噂しているとおりに、狐憑きなの？」

どうこたえるべきか、またしばらく考えなければならなかった。

「そうかもしれない。それについて、質問するために来たんだ」

「狐憑きについて？」

「何か、狐に取り憑かれるようなことをした記憶はあるか？」

「どんなことをすれば、取り憑かれるの？」

「わからない。だから、思い当たることなら、どんなことでもいい。教えてくれないか？」

未咲は、しばらく考え込んでいた。やがて、彼女は言った。

「思い当たることなんて、ないなあ……」

「こっくりさんとか、やってないよな？」

「何、それ……」

「文字や数字を書いた紙を用意して、それにコインを載せる。何人かでそのコインを指で押さえて……」

そこまで説明して、ばかばかしくなった。「そういうことは、やってないよな？」

「やってないよ」

「最近、お稲荷《いなり》さんとかに行ったことは？」

「お稲荷さんって、神社の？」

「そう」

「行ってない」

「そうか……」

「やばいなあ……」

未咲がつぶやいた。

「何が、やばいんだ？」

「クラスのみんなが狐憑きだって言ってるんでしょう？……ってことは、私、クラスで変なことをしたんだよね？」

「すごい眼で人を睨んだり、男のようなしゃべり方をしたり、獣のような唸《うな》り声を出したりしたらしい」

「それ、相当にやばいよ……」

未咲は、しょげている。

「人の噂も七十五日って言葉、知ってるか？」

「何それ」

「噂は、七十五日くらいしかもたないってことだ。いずれ噂なんて消えていくんだ」

「でも、ネットとかに書かれたら、ずうっと残るんだよ。まさか、誰かスマホで動画撮ったりしてないよね？　それアップされたりしたら、もうアウトだよ」

なるほど、今はそういう時代なのだ。

「そんな話は聞いてないな。だいたい、学校にスマホなんて持って行っていいのか？」

「授業中は触るの禁止だよ。でも、みんな学校に持って行ってる」

「君も持ってるのか？」

「持ってる」

「SNSとか、やるんだろうな」

「やるよ。ラインとか友達から来たら、ソッコウで返信しないとやばいんだよ」

「ラインをやってるんだな？　その他には？」

「フェイスブックもやってる。あと、ネイムとか……」

「ネイムね……。何かアプリは使っているのか？」

「ネイムのアプリ？」

「そう」

「占いアプリ、やってる」

「なるほど……」

「ねえ……」

「何だ？」

「病院に、黒い人、いたでしょう？」

「黒い服を着た人という意味だな？」

「あの人、誰なの？　警察の人じゃないよね？」

「彼はお祓い師だ。鬼龍というんだ。彼が、君から狐を追い出した」

「それ、本当のことなの？」

富野はかぶりを振った。

「本当かどうか、俺にもわからない。だが、今はそう考えるしかないようだ」

「ふうん……。やっぱり、富野さんに言われたとおりに話をしていたほうが無難みたいだね」

「そう思うよ」

「でも、クラスの友達には何て言おう。変になったとこ、見られているんでしょう？」

「狐憑きだったと言えばいい。そして、ちゃんと祓ってもらったから、もうだいじょうぶだ、と……」

「ばかだと思われる」

「本当のことだから仕方がない。友達なら信じてくれるんじゃないのか」

未咲はこたえなかった。

14

未咲の家を出て、徒歩で最寄りの駅に向かった。

有沢が言った。

「結局、何の手がかりもありませんでしたね」

「金沢未咲が、ネイムの占いアプリを使っていることがわかった。これは、他の事案の関係者との共通点だ」

「石村と宮本ですね。でも、さっきも言いましたけど、今どきの中高生なら、誰だってSNSをやっていますよ。それが共通点と言えますかね？」

「ネイムの占いアプリというのは、何かの手がかりになるかもしれない」

有沢があきれたような顔をした。

「SNSのアプリをやって、狐憑きになったというんですか？　そんなばかばかしい……」

「ばかばかしいと思うことでも、調べるのが警察だ」

「じゃあ、カイシャに戻ったら、そのアプリをやってみますか?」

カイシャというのは、警察官が自分の組織や庁舎を指すときの隠語だ。警察官だけでなく、他の省庁の役人も使うと聞いたことがある。

「やるやらないは別として、一度見ておく必要はあるな」

「狐に憑かれたりして……」

これは冗談に聞こえなかった。

「おまえが憑かれたら、鬼龍か孝景に頼んで祓ってもらうよ」

「いや、きっと自分たちはだいじょうぶですよ」

「どうしてそう思うんだ?」

「だって、これまで狐憑きになったのは、全員十四歳ですよ。自分らは、対象外でしょう」

「狐憑きだって認めたな」

「いや、認めたわけじゃないです。でも、そうとしか言いようがないじゃないですか」

「対象外って言ったな? 何の対象外なんだ?」

「老狐《ろうこ》だか何だか知りませんが、中学生たちに取り憑いたやつですよ」

「やっぱり、認めてるじゃないか」

「そういうわけじゃありませんよ……」

「だが、まあ、おまえが言うことにも一理ある。全員十四歳ということにも、何か意味があるのかもしれない」

「そうですかね」

「そうですかね、じゃない。疑問に思ったら、とにかくとことん調べるんだよ。おまえ、本当に警察官やる気あんのか？」

「やる気はありますよ」

富野は、しゃべる気をなくして、本部庁舎に戻るまで、口を開かなかった。


有沢が自分のパソコンで、ネイムのアカウントを作り、ログインした。

「占いアプリですよね……」

有沢がつぶやく。

富野は脇からディスプレイを覗《のぞ》き込んでいた。

生年月日、性別、そして、位置情報の共有を許可しますか、といった質問項目があり、それにすべてこたえると、占いアプリが開いた。

毎日の運勢を教えてくれるアプリだ。全体運、仕事運、金銭運、恋愛運と、項目が分かれている。

有沢がディスプレイを見つめたまま言った。

「やっぱり、普通の占いアプリですね。別に変わったところはありませんよ」

「何か、隠しアイテムみたいなものがあるんじゃないのか？」

「えー、ゲームじゃないんだから……」

そう言いながら、有沢はいろいろな場所にポインタを動かし、クリックしている。何も起きなかった。

「特別な機能なんてないみたいですね」

富野は、占いの内容を読んでみた。特別な記述があるわけではない。有沢が言うとおり、普通の占いだ。当たり障りのないことが書かれている。

「やっぱり、普通のアプリですよ。いくつかの記述をランダムに呼び出す仕組みなんだと思います」

「あきらめが早いな。しばらく調べてみろ。おまえでだめなら、ＳＳＢＣに頼んでもいい」

ＳＳＢＣは、捜査支援分析センターの略称だ。ビデオ解析やパソコンの分析など、捜査に必要な解析・分析をやってくれる。

「ＳＳＢＣってのは、大げさじゃないですか？」

「あるものは利用しなきゃ損だろう」

「もう少し、自分が調べてみますよ」

「俺は、ネイムを運営している会社に行ってみる」

有沢が、驚いた顔で富野を見た。

「行ってどうするんです？」

「さあな。まずは、行ってみる。それから考える」

「自分も行くんですか？」

「いや、おまえは、ここでネイムのことを調べるんだ」

「警察官は、二人一組で行動するのが原則でしょう？　別々はまずいんじゃないですか？」

「まずくはないさ。手が足りないときは、仕方がない」

「どこがネイムを運営しているか、知ってるんですか？」

「だから、それをこれからおまえに尋ねるんだよ」

ネイムを制作し、運営しているのは、サイバーパンサーという会社だった。所在地は、港区赤坂九丁目。

最寄りの駅は、六本木《ろっぽんぎ》だ。巨大な複合商業施設の、ビルの中にある。

エレベーターを降りると、受付のカウンターがあった。二人の受付嬢がいる。彼女らも警察官と同じく二人一組なのだ。

富野は、受付に近づいた。二人の受付嬢が、まったく同じような笑顔を向けてくる。

「いらっしゃいませ」

富野は、警察手帳を出した。

「責任者の人に、話を聞きたいんだが……」

受付嬢たちの片方が言った。

「具体的には、何の責任者でしょう?」

「この会社の責任者だ」

「代表取締役ということでしょうか?」

「それが、会社の責任者なら、そうだ」

「お待ちください」

こんな場合でも、笑顔を絶やさないのは、たいしたものだと、富野は思った。彼女はどこかに電話をかけている。しばらくして、電話を切ると、彼女は富野に言った。

「あちらのソファで、しばらくお待ちください」

黒い革張りのソファがロビーに並んでいた。

「あそこで、待っていると、代表取締役がやってくるのか?」

「しばらくお待ちください、とのことです」

受付嬢は、それしかこたえなかった。

仕方がない。責任者がどこにいるかわからないので、勝手に乗り込んで行くわけにもいかない。

言われたとおり、ソファに腰かけて待つことにした。

見た目どおり、座り心地は悪くない。だが、いくら座り心地がよくても、待たされるのはいささか不愉快だった。

五分ほど経つと、富野は受付嬢に催促をしようかと思った。そのとき、目の前に男が立った。

四十代前半に見える。きちんと背広を着ているが、なんだかネクタイが派手で、厭《いや》みな感じがする。髪を茶色に染めているところも、気に入らないと、富野は思った。

「警察の方だとか……？」

富野は、座ったまま言った。

「あんたは？」

「広報課長の海堀《かいぼり》と申します」

彼は、名刺を出した。フルネームは、海堀雅士《まさし》だった。

「俺は、責任者に会いたいと言ったんだがな……」

「すぐには無理なので、まず私がお話をうかがいます」

富野は、苛立った。

「商談に来たわけじゃないんだ。犯罪の捜査なんだよ。今すぐ、責任者に会わせていただく」

「令状はお持ちですか？」

こういう連中は、すぐに令状のことを言う。たぶん、法律に詳しいのだろう。一般人は、警察が訪ねてきただけで、かなり緊張するが、実は裁判所の許可証、いわゆる令状がない限り、警察官が強制的な捜査をすることはできないのだ。

「令状を持ってくるというのが、どういうことなのか、わかって言ってるのか？」

「代表取締役に会いたいとおっしゃるなら、令状をお持ちいただかないと……。任意では無理です」

「俺たちが、こういうところに令状を持ってくるときはな、段ボール箱をかかえた十人以上の捜査員で来るんだよ。そして、帳簿から何から、全部持ち出す。それをやってほしいのか？」

「それは、脅しに聞こえますね」

「脅しだと思うか？　やろうと思えば、いつでもできるんだぜ」

「とにかく、何をお知りになりたいのか、だけでもお教え願えますか？」

富野は、考えた。

ここで突っ張っていても、埒《らち》が明かない。多少は歩み寄りも必要だ。

「ネイムの占いアプリについて、話を聞きたい」

海堀は、怪訝《けげん》な顔をした。

「占いアプリ……？　それはまた、どうしてです？」

「それは言えない。だが、どういう経緯で開発したのか、設計者は誰なのか、どういう特徴があるのか……。まあ、そういったことを知りたいわけだ」

海堀広報課長は、しばらく考えていたが、やがて言った。

「よろしければ、私のオフィスで話をうかがいますが……」

「けっこう」

ロビーで話をするよりそのほうが、よほど落ち着くだろう。

富野は、海堀のあとについて、受付の前を通り、廊下を進んだ。

広大なフロアに衝立《ついたて》が並んでいる。個人の机が衝立で仕切られている。アメリカの映画やドラマで見るようなオフィスだった。

その通路を通り過ぎ、ガラス張りの小部屋に案内された。それが海堀広報課長のオフィスだった。

部屋に通され、来客用の椅子に腰かけたが、三方の壁がガラスなので、落ち着かない気分だった。

それを察したのか、海堀が壁のスイッチを操作した。すると、無色透明だったガラスの壁が、徐々にグレーとブラウンの中間の色に染まっていった。その色が濃くなると、すっかり周囲から隔離された空間となった。

自分の席に腰を下ろすと、海堀が言った。

「ネイムの占いアプリが、どういう経緯で開発されたかをお知りになりたいと言われましたね」

「そう」

「SNSは、すでに成熟したメディアと言えます。フェイスブックもラインも、今では誰もが知っているし、利用しています。後発である、わが社のネイムは、何か特徴がなければなりません。それが、アプリだったわけです」

「アプリは、他のSNSにもあるんだろう？」

「もちろんそうですが、わがネイムのアプリは、数の上でも質の点でも群を抜いていると自負しております。それが、ネイムの強みと言えるでしょう」

「うちの若いのが言っていたが、占いのアプリって、いくつかの定型の文章を、ランダムに呼び出すだけだそうだな？」

「わが社のは違います。四柱推命《しちゅうすいめい》、ホロスコープ、九星《きゅうせい》占いの専門家に、ちゃんと占ってもらい、その結果を反映させています」

「占いそのものが、当たるも八卦《はっけ》、じゃないか」

「まあ、そう言ってしまっては、身も蓋《ふた》もないですね」

「設計したのは、ここの社員なのか？」

海堀が、ふと眉をひそめた。

「ご存じだと思っていましたが……」

「何のことだ？」

「わが社で使用するシステムやソフトウエアは、すべて与部《よぶ》が設計・制作したものなんです」

「ヨブ……？」

「与部星光《せいこう》。わが社の代表取締役です」

「全部、その人が作っているってこと？」

「もちろん、プログラムの分担作業はします。しかし、基本的なアイディアや設計は、すべて与部が担当しています」

「ネイムも……？」

「はい。そのシステムは、すべて与部が設計しました」

「たいした人だね」

「日本のスティーブ・ジョブズと呼ぶ人もいます」

「スティーブ……？」

「アップル社の創業者の一人です」

「その人も、たいしたものなんだろうな」

富野がアップルの創業者を知らないことに、海堀は驚いた様子だった。だが、彼らの常識が富野の常識と同じとは限らない。

コンピュータ会社の創業者になんて、はなから興味などないのだ。

「自分の会社の代表について、こう言うのもナンですが、彼は、掛け値なしの天才です」

「つまり、占いアプリも、与部さんが作られたということだね？」

「そうです」

「ほう……。それはますます、お会いしてみたいな」

「どうして、ネイムの占いアプリのことをお知りになりたいのですか？」

この質問は二度目だ。富野は、もう一歩だけ、歩み寄ることにした。

「三件の事件に関わった者たちが、全員ネイムの占いアプリをやっていたということがわかった」

海堀は眉間《みけん》にしわを刻んで、富野を見つめた。

「今では、誰がアプリを使用していても、おかしくはありませんよ。あなたは、事件を起こした者たちが、同じ新聞を読んでいたからといって、その新聞社を訪ねたりしますか？」

「たぶん、訪ねないと思う」

「今や、ネイムは新聞よりも普及しているんです」

「そうなのかもしれない。だが、俺は妙に気になってね……」

「気になるというだけで、警察の方に来られるのは、正直言って、迷惑ですね」

まあ、それはそうかもしれない。だが、こちらもなりふり構ってはいられないのだ。

「何とか、代表取締役に会えないものかな？」

海堀は、あきれたように言った。

「事件に関わった者って、犯罪者ってことですか？」

「誰もそんなことは言ってないだろう」

「でも、そうじゃなきゃ、警察がわざわざ話を聞きに来たりしませんよね」

富野はこたえないことにした。余計なことは言わない方針だ。

海堀は、しばらく考えてから言った。

「秘書課長に、与部の都合を訊いてみましょう」

「会わせてくれるということか？」

「与部の気持ち次第ですね。あくまでも任意なんでしょう？」

「与部さんが、興味を持ってくれることを祈るね」

海堀が受話器を取った。秘書課に電話するのだろう。富野は、彼が電話をかけ終わるまで、おとなしく待つことにした。

海堀は、電話を切ると、富野に言った。

「十分だけなら、お会いできると申しております」

「ありがたいね」

「では、参りましょう」

エレベーターで一階上に上がった。

とたんに雰囲気が変わった。配色が派手になった。どこかで見たことがある雰囲気だと思った。

廊下を進むうちに思い出した。ある玩具《がんぐ》メーカーの配色だ。

原色の赤、緑、黄色を大胆に使った派手な配色。

その原色の中に、秘書課があった。彼らは緑色の大きなテーブルを囲んで座っていた。各人が、ノートパソコンを覗き込んで仕事をしている。

一人の男が立ち上がり、近づいてきた。海堀が言った。

「秘書課長の林敦史《はやしあつし》です」

林は、髪が縮れている。天然パーマだろうか。小柄で色が黒い。背広姿だが、どこか愛嬌《あいきょう》がある。

彼が、富野に言った。

「どうぞ、こちらです」

彼は、真っ赤なドアのほうに富野を案内した。ノックをして返事を待つ。中から「どうぞ」という声が聞こえてきた。

林がドアを開ける。部屋の中は、思ったよりずっと地味だった。代表取締役の部屋と聞いて、偉そうな両袖の机を想像していたが、そんなものは見当たらなかった。

本棚も書類棚もない。ベッドとソファと、古い木製の、正方形のテーブルがある。調度と呼べるのは、それくらいだった。

そのテーブルは、おびただしい量の紙で埋まっていた。紙には、びっしりとさまざまな図形や数式、その他落書きのようなものが書き込まれている。

ソファに、Tシャツにジーパン姿の細身の男が横たわっていた。立てた膝《ひざ》にノートパソコンを載せている。

林が言った。

「社長、警視庁の富野さんです」

ソファの男が与部だった。彼は、富野を見て、横たわったまま言った。

「占いアプリに興味があるんですって？」

富野、海堀、林の三人は立ったままだった。富野はこたえた。

「ええ、若い子たちに人気のようですね」

「占いというのは、古今東西、人気があるものです。どんな新聞にも雑誌にも占いの欄があるでしょう？」

与部は、ようやく身を起こした。ノートパソコンを閉じ、それを脇に置いた。

それを合図に、林秘書課長が部屋を出て、ドアを閉めた。海堀は、富野とともに残った。

与部が、よく光る眼で富野を見つめている。好奇心に満ちた子供のような眼だと、富野は思った。

与部は、まだ若い。おそらく三十代だろう。

富野は部屋の中を見回して言った。

「もっと、パソコンとかがたくさんあるのかと思っていました」

与部は、脇にあるノートパソコンを見て言った。

「アプリの基本的な設計とか、計算なんかは、このパソコンで充分です。あとの、煩雑な作業は、社員たちが手分けしてやってくれます」

「アイディアが勝負というわけですね」

「占いアプリのどこに興味を引かれたんですか？」

与部は、うれしそうに尋ねた。

「複数の事件の関係者たちが、皆そのアプリを使用していました」

海堀が言い訳するように言った。

「今どき、誰だってネイムのアプリを使っていますと、説明したのですが……」

与部は、海堀の話には興味を示さなかった。相変わらず富野を見たまま、尋ねる。

「それって、どんな事件だったんです？」

質問するのは、こっちだ。立場が逆になっている。そう思ったが、つい質問にこたえてしまいそうになった。与部には、不思議な魅力がある。

さて、事件のことを、どこまで話そうか……。富野は、与部を見ながら、そう考えていた。

15

「中学生が、同級生をナイフで刺した事件。同じく中学生が、やはり同級生を金属バットで殴った事件。そして、中学生の女子生徒が四人の男たちに連れ去られそうになった事件。この三件です」

富野は与部の問いにこたえた。

海堀は驚いたように富野を見たが、与部は急に興味が冷めたような顔になった。

与部が言った。

「その事件と、ネイムの占いアプリが関係あるというのですか？」

富野は言った。

「関係あるかどうかわかりません」

「わからないな……」

与部が首を傾げる。

「わからない？　何が、ですか？」

「あなたが僕を訪ねてきた理由が、ですよ」

与部は、じっと富野の眼を覗き込むように見ている。富野はなんだか落ち着かない気分になってきた。

「だから、話を聞きに来たんです」

「中学生が同級生を傷つけたり、女の子がさらわれそうになったりするのは、こう言っちゃナンだけど、まあ、よくあることでしょう？」

「そうでもないんですよ」

「でも、ネットでもそれほど話題になっていない。……ということは、あまり人々の関心を引くようなことじゃないってことですよ」

「何が言いたいんです？」

「わざわざ僕に会いに来るんだから、何かもっと特別なことが起きたんじゃないかと思ったんですよ」

「それは、ご自分が特別だということですか？」

与部は肩をすくめた。

「同級生を刺したり、バットで殴ったりするような事件が起きた。その事件の関係者がネイムの占いアプリを使っていた……。それだけで、ネイムを開発した人間に会おうなんて、普通考えないでしょう？」

「俺は考えたんですよ」

「だから、どうしてそう考えたのかに、興味があるんですよ」

与えられた時間は十分だけだ。相手の質問にこたえてばかりはいられない。こちらからも質問しなければならない。

「ネイムの占いアプリは、ちゃんとした占いを反映させているそうですね？」

「ええ」

「それは、具体的にはどういうことなんですか？」

「何人かの占い師に、どうやって占うのかを教えてもらいました。占星術師は、星の配置によって吉凶を占うということだったので、それを分析してプログラムしてみました。同様に、四柱推命や九星占いでは、暦を読むというので、それも分析してプログラムしてみたのです。星の配置や暦というのは、要するに天体の運行です。地球の自転や惑星の公転周期を計算してやれば、何年の何月何日に、どういう天体の配置になっているのかがわかります。それを、それぞれの専門家がどう読み解くのかを調べてパターン化してみたのです」

「天体の運行ね……」

与部の眼が、また輝きはじめた。

「そうです。占いと暦とは、同じ意味合いがあるんですよ。つまり、大昔はそれによって農耕のスケジュールを決めたりしたわけですが、それが次第に吉凶を判断したり、天変地異を予見したりしようとするようになったわけです」

このままでは、何か有力な情報を引き出す前に時間切れになる。

富野は、尋ねた。

「占いアプリに、何か特別な機能があるんじゃないですか？」

「特別な機能……？　それは、どういうことですか？」

「例えば、特定の人だけに、何か特別なメッセージを送るとか……」

与部は、ぽかんとした顔になった。

「さあて……。そんな機能は持ってないと思いますがね……」

「持ってないと思う……？　妙な言い方ですね。あなたが開発したアプリなんでしょう？」

「もちろん、アイディアのまとめと基本設計は、僕がやりました。でも、膨大なプログラミングが必要なので、仕上げまで僕一人でやったわけじゃないんですよ。そして、プログラミングというのは、やった本人にしかわからない部分があるものです。プログラマーの癖ってものもありますしね……」

富野は眉をひそめた。

「……ということは、あのアプリには、あなたも把握していない部分があるということですか？」

「うーん。説明しにくいですね……。そう、すべてを完璧《かんぺき》に把握できているわけではないですが、そんな必要もないんです」

「そんな必要はない？」

「ええ、アプリがちゃんと走るための基本的なシステムは、すべて僕が設計していますからね」

「誰かが、特別な機能を、こっそり付け加えているというような可能性は？」

「ないですね。そういうプログラムが組み込まれていたら、必ず気づきます。そういう機能のためには、別の枝が必要になりますからね」

「枝……？」

「プログラムというのは、要するに命令書です。もし、AならばBの結果になるように、という命令が積み重なってできている。余計な機能を付け加えようとしたら、枝分かれした命令系統が必要になるんです」

何となく理解できた。

「占いアプリには、そういう命令系統がない、ということですね？」

「そう。疑うなら、他の社員に訊いてもらってもいいですよ。警察って、必ず裏を取るんでしょう？」

富野は、その質問にはこたえず、さらに尋ねた。

「もし、特定の人たちだけが、占いアプリに特別な反応をしたとしたら、それにはどんな理由が考えられますか？」

「特定の人たちだけが、特別な反応を……？　なんだか、質問が漠然としていてこたえようがないですね」

もっともだ、と富野は思った。

我ながら歯切れの悪い質問だ。

「例えば、特定の年齢の人に、何か妙な現象が起きるとか……」

与部の眼の輝きが増した。

「何か、特別なことがあったということですね？　それは、どんなことだったんですか？」

どうも、与部と話していると、質問のペースがつかめない。向こうからの質問が多すぎるのだ。

与部は、まるで子供のように質問を繰り出してくる。好奇心が人並み外れて強いのだろう。

富野は、思い切って言ってみることにした。

「三つの事件に関わった少年少女たちが、狐憑きになったのです」

「狐憑き……」

与部はうれしそうに言った。

「ばかばかしい……」

そうつぶやいたのは、広報課長の海堀だった。「まさか、本気でそんなことを言っているのではないでしょうね？」

富野がどうこたえようか考えていると、与部が海堀に言った。

「何がばかばかしいんだ？」

海堀は、慌てた様子で言った。

「何を言い出すかと思ったら、狐憑きですよ。あきれるじゃないですか」

「僕は、そうは思わないね。少なくとも、ありふれた事件のことを聞いているよりは、ずっとおもしろい」

「ありふれた事件という言い方は、やめてもらえませんか」

富野は言った。「どんな事件にも被害者がいるんですよ。自分が被害者になったときのことを想像してみてください」

与部は、また肩をすくめた。

「僕の想像力は、そうしたネガティブなイメージのためには使わないんですよ」

それから、彼は海堀に言った。「ばかばかしいと思うなら、出て行っていいよ。僕は、この人とだけ話をするから」

海堀の顔色が悪くなった。

「いえ、私は広報課長として同席する責任がありますから……」

「いいから、出て行きなよ。用はないから」

「しかし……」

与部が、海堀を鋭く睨んだ。すると、明らかに年上らしい海堀がすくみ上がった。

彼は、与部に深々と礼をして、逃げるように部屋を出て行った。

与部が、富野に眼を戻して言った。

「本当に狐憑きだったんですか？」

富野は、開き直った気分で言った。

「本当かどうかは、俺にはわかりません。しかし、お祓い師が祓う現場を、俺は見ています」

「へえ、お祓い師……。狐憑きって、どういうふうだったんですか？」

「まるで老人のようなしゃべり方になり、声まで変わったように聞こえましたね。お祓い師によると、老狐が憑いたのだとか……」

「ロウコ？」

「年老いた狐だそうです。何でも、そういう狐は霊力が強いらしくて……」

ノックの音が聞こえ、秘書課長の林が顔を出した。

「社長、お時間です。次のご予定が……」

時間切れか……。

富野が心の中で舌打ちしたとき、与部が言った。

「次の予定はキャンセルだ。この人としばらく話をするよ」

林は、一瞬眉をひそめたが、即座に表情を引き締めて言った。

「承知しました。次の予定をキャンセルします」

ドアがすぐに閉じた。

富野にとっては、ありがたいことだ。

だが、予定をキャンセルしてまで、富野と話をしたいと、与部が考えたのはなぜだろう。富野は、その理由を知りたいと思った。

与部が言った。

「老狐に憑かれた少年たちが事件を起こしたということですね？」

「第一の事件は、憑かれた少年が被害者でした」

「被害者？」

「刺されたのです。当初は、刺したほうの少年が狐憑きかと思っていたのですが、それは侍者《じしゃ》でした」

「侍者？」

「狐憑きの家来です。老狐に憑かれたやつが、周囲を欺くために、クラスメートを侍者に仕立て、そいつに自分を刺させたんです」

「刺させた？　何のために？」

「そのクラスメートに社会的な制裁を加えようとしたのだと思います」

「ああ、わかるなあ」

「わかる？」

「そう。本当に制裁を加えたいのなら、刺すよりも、刺させて犯罪者に仕立てたほうが効果的じゃないですか。今はね、少年事件でも、ネットで顔がさらされたりしますからね。へたをすると、完全に社会的に葬られたりします。ネットに顔写真が公開されてたりしたら、どこに引っ越しても無駄ですからね」

富野は、うんざりとした気分になった。

その話は聞いていた。有名な掲示板サイトでは、せっかく警察が社会的な影響を考えて、名前を伏せたり、顔写真を公開しなかったりしても、誰かが掲示板上で、名前を公表したり、顔写真をアップしたりするらしい。

特に少年犯罪は、マスコミも扱いに注意するのに、ネット上では無法状態になっている。

そして、その名前や顔写真は、コピーされてネット上に増殖する。一度ネット上にアップされたものは、もう取り消すことはできないのだ。

おそらく、インターネットは便利なものなのだろう。だが、便利なものというのは、危険なものでもあり得る。

ナイフがいい例だ。サバイバルのためには、ナイフはなくてはならないものだ。生活のための便利な道具でもある。だが、それは同時に危険な武器にもなり得る。

使う者次第なのだ。

インターネットも同様だ。使う者によっては便利で快適なツールになるが、悪意を持った者がその気になれば、おそろしく危険なものにもなる。

富野は言った。

「俺なら、そんなまどろっこしいことはしないですね。殴ってびびらせれば、それでお終《しま》いです」

「刑事さん、いじめられたこと、ないでしょう?」

「ないですね」

「僕はね、どちらかというと、いじめられるほうだったから、どうやったら効果的な復《ふく》讐《しゅう》になるかとか、そういう気持ち、よくわかるんですよ。その老狐に憑かれた子って、もしかして、いじめられてたんじゃないですか?」

「いや、そういう事実はありませんでした。むしろ、侍者になった子とは仲がよかったと言っていました」

「じゃあ、どうして制裁を加えようなんて思ったんだろう……」

「制裁を加えようとしたのは、その子というより、憑いた老狐だったようです。おそらく、侍者の子は、老狐の気に入らないことをしたり、言ったりしたのでしょう」

「へえ……」

与部は、実に楽しそうに話を聞いている。

「いじめというのなら、その次に起きた事件のほうが関係が深いですね」

「いじめられていた少年が、狐憑きになった、ということですか?」

「そう。いじめられていた少年が、いじめていた少年をバットでめった打ちにしたのです。その加害者にも、老狐が憑いていました」

「三人目は……？　少女がさらわれそうになったんですよね？」

「そう。少女を車で連れ去ろうとした四人の男たちは、全員病院送りですよ」

「その少女がやったんですか？」

「表向きは、四人が仲間割れを始めて、その結果怪我をしたということにしましたがね……」

富野は、どこまで話すべきか、計算していた。与部は、興味を持って話を聞きたがっている。

こういう場合、ある程度の情報を与えてやれば、それ以上の話を聞ける可能性がある。富野は経験上、それを知っていた。

「少女が、たった一人で、四人の男をやっつけちゃったって言うんですか？」

「そうとしか考えられないんです。それも、狐憑きの特徴らしいです。普段では考えられないようなばか力を発揮するし、獣のように残忍なことも平気でするらしい」

「狐憑きって、本当にあるんですね」

「俺は、この眼で見ていますからね。信じないわけにはいかない。でも、それが本当に憑依《ひょうい》現象なのかどうかは、よくわからない。科学的、あるいは医学的に、ちゃんと説明がつくなら、俺はそちらを信じたい。あなたも、そうなんじゃないですか？」

「僕が……？　どうして、そう思うんです？」

「だって、システムやアプリを開発するんだから、ばりばり理系なわけでしょう？　そういう人は、合理的な考え方をするんじゃないんですか？」

与部は笑った。苦笑したのかもしれない。

「理系だの文系だのって分類は、まったく意味がないですね。僕は、自分のことをアーチストだと思っています」

「アーチストですか……」

「そう。音楽家は、楽器や歌で人々を感動させます。画家は絵を描くことで、写真家はカメラで表現をします。そして、芸術は世界を変える力を持っています。音楽家にとっての楽器や、画家にとっての絵の具が、僕にとっては、プログラムだというだけのことです。そして、プログラミングは、かつての音楽や絵画をはるかに超えた表現力を持ちうる。僕はそう信じています」

「つまり、狐憑きのような心霊現象も否定はしないということですか？」

「否定はしませんね。実に興味があります。心霊現象を否定する科学者は、むしろエセ科学者ですよ」

「なぜです？」

「頭が固い科学者なんて、役に立ちません。本当の科学って、常に新しい発想が必要なんですよ。過去の理論に縛られているような連中は、学者ではあっても科学者じゃない。心霊現象を否定する論拠って何です？　さっき、うちの広報課長が言ったように、ばかばかしいというだけのことでしょう？　それを真剣に考えたことがない人の言い草ですよ。少なくとも、科学的に否定されたわけではありません。むしろ、心霊現象を真剣に考えることで、新たな科学的発想が生まれるかもしれません。僕はそう考えています」

与部は、次第に饒舌《じょうぜつ》になってきた。

「もしかして、もともと心霊現象に興味がおありなのですか？」

それが、次の予定をキャンセルして、富野と話をしたがった理由かもしれないと思いながら尋ねた。

与部は、あっさり言った。

「興味はありますね。科学が行き着く先は、神霊の世界だと思っています」

「つまり、神の領域ですか？」

「例えば、電子の振る舞いを観察しようとしても、観察者効果によって、それは不可能なんですよ」

「どういうことです？」

「電子を観察しようとして、光、つまり光子を当ててしまうと、そのエネルギーで電子は本来の振る舞いを変えてしまう。ですから、観察することができないんです」

「はあ……」

「しかし、電子がどういうふうに振る舞っているのかは、確率論で、かなり正確に言い当てることができます。それが量子力学です」

俺は今きっと、ものすごく間抜けな顔をしているだろうな、と富野は思った。

与部が何を言おうとしているのか、さっぱりわからない。

与部の話は、さらに続いた。

「リグ・ヴェーダを知ってますか?」

「あのインドの……?」

「そう。バラモン教の経典です。リグ・ヴェーダでは、世界の始まりについて、次のように述べています。『無』もなかりき、『有』もなかりき。空界もなかりき、そを覆う天もなかりき」

この話は、いったいどこに行くのだろう。もはや、質問するどころか、黙って話を聞いているしかなかった。

「最新の宇宙論では、まさにこのリグ・ヴェーダと同じことを言っているのです。すなわち、宇宙の始まりは百三十七億、ないし百三十八億年前とされていますが、それ以前には、物質もない、エネルギーもない、それどころか空間も時間も存在しなかったというのです。空間も時間もない世界というのが、想像できますか? まったくの無。いや、リグ・ヴェーダが言うように、無さえない世界なんです」

「そういう話は苦手です。想像のしようもありません」

「想像しようのない世界だからこそ、想像のしがいがあるんですよ。いいですか? 人の想像の及ぶものを想像したって楽しくも何ともない」

「そうですかね……。俺は、充分にいろいろと楽しめると思いますがね……」

「我々の宇宙が生まれる前、いったいどういうことが起きていたと思います？」

「さあね……。想像のしようがないと言ったでしょう」

「我々の宇宙が生まれる前は、無さえない完全な無だと言いました。しかし、ここで量子論が出てくるのです。量子論によれば、完全な無の状態でありつづけることはできず、絶えず無と有の間で、ゆらいでいる状態があったのだそうです。そして、そのゆらぎから宇宙が生まれたというのです」

「ゆらぎから……？」

「量子論で言うゆらぎというのは、極小宇宙が生まれては消えるような状態です。その極小宇宙の中に、ちょっと大きな宇宙が生まれました。それまではただ消えていくだけだったわけですが、ちょっと大きかったので、そこに時間と空間が生まれることになったのです。そして、それが急膨張して、今の宇宙になったというわけです」

いつしか富野は、与部の話に引き込まれていた。無すらない、絶対的な無の世界。それは、富野の想像が及ばない世界だ。

その世界も、絶対的な無でありつづけることはできないのだという。無と有の間でゆらいでいた……。

富野は、小さくかぶりを振ってから尋ねた。

「宇宙の話と心霊現象は、どう結びつくんですか？」

「いずれも、僕の想像力を喚起してくれますね」

「やっぱり、天才と呼ばれる人たちは、ちょっと違うようですね」

「そして、無の世界でゆらいでいた極小宇宙って、どこから来たのかを考えてみたんです」

「どこからって、そういう世界もないわけでしょう？」

「だから、それこそが『あの世』なんじゃないかと思いましてね……」

「あの世……」

与部は、ますます子供のような顔つきになった。

「霊界ラジオって知ってますか？」

富野は、思わず聞き返していた。

「霊界ラジオ……？」

16

「そう。エジソンを知っていますね？」

「発明王ですか？」

「そうです。そのエジソンは、晩年、霊界との通信装置を真剣に研究していたのだそうです」

「霊界との通信装置……」

「それが、一般に霊界ラジオと呼ばれています。その他にも、そういった研究を続けている人は少なくありません。有名なのは、コンスタンチン・ラーデブですね」

「有名と言いましたが、俺は聞いたこともないんですが……」

「その筋で有名だということです。ラーデブは、ラトビアの心理学者です。彼は、同調回路を取り外したゲルマニウムラジオを録音機に取り付け、霊界の音を捉《とら》えようとしたのです」

「それで、結果は？」

「本人は、成功したと言っていますね」

「本当に？」

「まあ、ラーデブの実験は、あまりに精度が低すぎたかもしれません。録音機自体の性能にも限界があったはずです。今では、録音機の代わりにパソコンを使う、という人もいます。ゲルマニウムダイオードを装着したジャックを、パソコンのマイク端子に差し込んで、録音機能を使うだけです。基本的には、ラーデブが考えたこととといっしょです」

「あなたは、昔から心霊現象などに興味があったのですか？」

与部は、子供のような笑みを見せて言った。

「もちろんありましたよ。訳のわからないものほど、魅力的ですからね」

「心霊現象について、何か実験してみようと思われたことは？　エジソンとか、ラーデブとかいう科学者のように……」

「そうですね……。実験してみてもいいかもしれないとは思います。でも、実際には、そんなことをしている余裕はありませんね」

「余裕がない……？」

与部は、とたんにつまらなそうな顔になった。

「僕の作るものは、今では僕だけのものじゃない。会社のものなんです。採算に合わない研究など、できないのです」

もっともらしいこたえだ。

一般的には納得できる。だが、与部のパーソナリティーを考えるとどうだろう。

富野は、そんなことを思っていた。

おそらく、与部は会社の経営のことなどそれほど考えてはいないだろう。誰かしっかりとした人物が会社の経営を担当しているに違いない。

次々とシステムやアプリを開発しつづけるのが、与部の仕事だ。彼の仕事の内容を正確に理解できる社員はどのくらいいるのだろう。

その点については、いろいろと調べてみなければならないと、富野は思った。

「興味深いお話です。……が、俺としては、そろそろ話をもとに戻したいんです。先ほど俺は、特定の年齢の人に何か妙な現象が起きるとしたら、どういうことが考えられるか、と質問しました。覚えていますか？」

「覚えています」

「狐憑《つ》きにあった少年少女は、皆十四歳だったのです。それについて、どう思われますか？」

与部は、きょとんとした顔になった。それから、すぐにまた好奇心に眼を輝かせた。

「なるほど、中二病ですね……」

「中二病……？」

「ネットなんかでよく使われる用語です。中二の中が、厨房《ちゅうぼう》の厨だったりもします。もともとは、何かラジオの番組から生まれた言葉らしいんですがね……」

「三人の狐憑きのうち、一人は中二じゃなくて中三なんですがね」

「実際の学年にそれほど意味はありません。つまり、中二くらいに、急に自意識が強まり、周囲に対して批判的になったりすることを言うんです。妙な妄想を抱いたりすることも、中二病と呼んだりしますね」

富野はうなずいた。

「俺にも覚えがありますね。たしかに中二くらいから、急に親のことがうっとうしくなりました」

「十四歳というのは、そういう年齢だと思います。狐憑きにかかったのも、そのせいじゃないですか？」

「中二病が、狐憑きの原因だと……？」

「そうかもしれませんよ。精神的に不安定だから、老狐《ろうこ》とやらにつけ込まれたのかもしれない」

「なるほど……」

「それで、その狐憑きの三人は、今どうしているんです？」

「おそらくまだ、処分が確定していないでしょう」

「もう狐憑きではないということですね？」

「言ったでしょう。お祓《はら》い師が祓うのを見た、と」

「どうして刑事さんが、お祓いの現場に……？」

「そのお祓い師は、俺の知り合いなんですよ」

「へえ……」

与部の眼が輝く。「それ、本物のお祓い師なんですか？」

「本物かどうかなんて、俺にはわかりません。でも、実際に彼がお祓いをした後、三人は普通に戻りました」

「普通に戻った？　何を根拠に、普通って言うんです？　普通ってどういうことです？　その子たちは、本来あるべき姿だったのに、また社会的な枠組みに閉じ込められることになってしまった……。そうは考えられないですか？」

富野は、与部が言ったことについて、しばらく考えていた。

「天才が言いそうなことですね。だが、俺はそうは思いません。彼らは、日常を取り戻したのです」

「日常……？　それで、彼らが幸せなのでしょうか？」

富野は、きっぱりと言った。

「幸せだと思います。人間にはコミュニティーが必要です。家族、学校、友達……。そこに戻ることは、幸せなことだと思います」

今度は与部が考え込んだ。

「人間は、もっと解放されるべきだ。そうは思いませんか？　いじめにあっている子や、無視されている子が最も辛《つら》いことって、何だと思います？　学校に縛りつけられていることなんです。学校に行かなくてはならないから、友達とうまくやらなければならない。それが、一番の負担なんですよ」

「人間は、そうやって学んでいくものだと、俺は思っています」

「どうやら、この話題は平行線で終わりそうですね」

「立場の違いかもしれません。俺は、天才でもなければ、会社の社長でもない」

与部は、また無言でしばらく考えていた。やがて、彼は言った。

「そのお祓い師に会ってみたいですね」

「俺の知り合いの？」

「ええ。事件に関わった三人を祓ったのでしょう？」

願ってもない申し出だと、富野は思った。

鬼龍や孝景を連れてくれれば、与部はもっと何かを話してくれるかもしれない。そして、鬼龍たちだったら、何か手がかりになることを見つけられるかもしれない。

「またうかがっていいということですね？」

与部は笑みを浮かべた。

「あなたと話すのは楽しい。きっと、そのお祓い師と話すのも楽しいに違いありません。ぜひ、連れてきてください」

「いつにしますか？」

与部は、部屋の出入り口まで行き、ドアを開けた。

「林……」

秘書課長を呼んだ。「明日、この刑事さんがまた来る。時間を取ってくれ」

林の声が聞こえてきた。

「一時間ほどでよろしいですか？」

「取りあえずはね……」

「承知しました」

与部は、ドアを開けたままで、富野に言った。

「じゃあ、明日。時間は、秘書課長に訊《き》いてください」

話は終わったということだ。

今日は、終始与部のペースだったなと、富野は思いながら、部屋をあとにした。

社長室を出ると、広報課長の海堀が待っていた。

富野は、海堀に言った。

「秘書課長にも、お話をうかがいたいんですが、いいですかね？」

海堀は、林秘書課長の顔をちらりと見た。

林が言った。

「私はかまいませんが……」

海堀が富野に言った。

「手短にお願いします」

富野は、立ったまま秘書課長席にいる林に言った。

「社長は、オカルトが趣味なんですか？」

林は、怪訝《けげん》な顔で富野を見た。秘書課の部下たちも手を止めて富野と林を交互に見ている。

林がこたえた。

「さあ、そういう趣味はないと思いますが……」

海堀広報課長が言った。

「社長の個人的な趣味が、犯罪の捜査と何か関係があるのですか？」

富野は、海堀に言った。

「関係あるかもしれないし、ないかもしれない。そういう場合、警察官は質問するんです」

海堀が言う。

「社長は、オカルトなんかには興味はないと思います」

富野は、林に尋ねた。

「社長の経歴を教えてくれませんか？」

「出身は、東京。公立中学から公立高校に進みましたが、高校は中退しています」

「高校中退……？　それで高度なプログラミングを……？」

「高校の勉強なんて、プログラミングには役に立ちませんからね」

「中退した理由は？」

「勉強が退屈だったからでしょう。友達を作ったりするのも苦手だったようですし、もちろん部活なんてやってません。子供の頃からパソコンに夢中だったということです」

「天才には、普通の教育は退屈だということですか？」

「そういうことだと思います」

「会社には、経営の専門家がいらっしゃるのですね？」

「もちろんです」

「社長が会社の経営に関わることは……？」

「もちろん、取締役会には出席しますよ」

「それだけですか？」

「与部星光の能力を充分に発揮させる。それが、私たちの役割だと思っています。与部がいなければ、サイバーパンサー社は成り立ちませんからね」

「なるほど……」

海堀が言った。

「先ほども言いましたがね、世界中で何万人、いや、何十万人という人がネイムの占いアプリを使用しています。その中で、何人かが事件に関わったということでしょう？

それは、本当にたまたまなのではないですか？」

海堀が言うとおりかもしれない。だが、富野は、なぜかサイバーパンサー社に来て違和感を抱いていた。

理由はわからない。だが、この会社は事件と無関係ではない。

富野の勘が、そう告げていた。

警視庁本部に戻ると、富野は、ノートパソコンと睨《にら》めっこしている有沢に声をかけた。

「どうだ？」

「試しに十四歳になりすましてアプリをやってみました」

「それで……？」

「別に変わったことは起きませんでした」

「そうか」

「でも、気になるオプションを見つけました」

「オプション？」

「アプリの中で占い師を選ぶことができるんです」

「そういえば、アプリには何人かの占い師が関わっていると言っていた」

「実在の占い師じゃないと思いますよ。アプリ上のキャラクターなんだろうと思います。その中で、仙人が出てくるんですが、その話し方が、ちょっと時代がかった老人口調なんです」

「老狐が憑いたときの口調に似ているということだな？」

「ええ……。まあ、偶然かもしれませんが……」

「いつも言ってるだろう。警察官に偶然という言葉は禁物だって」

「気になったのは、それくらいですね」

有沢は、そこそこパソコンやネットに詳しいようだが、専門家ではない。これ以上のことは期待できないだろう。

「サイバーパンサー社の社長に会ってきた」

有沢が、驚いた顔を富野に向けた。

「えっ。与部星光に会ったんですか？」

「知ってるのか？」

「今や伝説の人ですよ。純国産のネイムを開発して、後発ながら登録者をどんどん増やしているんです。高校も出ていないのに、次々と人気のアプリを開発しています」

「そうらしいな」

「どんな人でした？」

「変わったやつだった」

「自分も会いたかったなあ……」

「占いアプリは、本物の占いをもとに、天体の運行なんかを計算して、それで占っているそうだ。適当な文章をランダムに掲載しているわけじゃないようだ」

「なるほどねえ……。さすがに与部星光だ……」

「心霊現象や宇宙の成り立ちの話は、想像力を喚起してくれると言っていた」

「心霊現象に興味を持っていたんですか？」

「本人はあると言っていた。だが、周囲の社員はそれを否定していた」

「まあ、そうでしょうね。会社の代表がオカルト趣味だなんて、あまり外に言いたくないでしょうから……」

「そのギャップが実は気になっているんだ」

「ギャップ……？」

「広報課長や秘書課長は、何か知っていて隠しているのかもしれない」

「隠している？　どんなことを……？」

「わからない。そんな気がしただけだ。それと、与部の発言で、さらに気になったことがあった」

「何です？」

「狐憑きになった少年たちをお祓い師が祓って、普通に戻ったという話をしたんだが……」

「えっ。そんな話をしたんですか？」

「俺がこの眼で見たことだからな。そうしたら、与部は、こう言った。その子たちは、本来あるべき姿だったのに、また社会的な枠組みに閉じ込められることになってしまった……。そうは考えられないか、と……」

「狐憑きが、本来あるべき姿だということですか？」

「社会的な抑圧から解放された状態だと言いたかったのかもしれない。つまり、彼は自分では意識しているかどうかわからないが、狐憑きを肯定し評価したんだ」

「狐憑きを肯定し評価した……」

「俺はそれが気になっている」

「それで、これからどうするんです？」

「与部がお祓い師に会いたいと言った。明日、鬼龍を連れて行ってみようと思う」

「自分も行っていいですか？」

「それまでに、サイバーパンサー社に怪しいところがないか、洗っておいてくれ」

有沢は、さっそくノートパソコンに向かった。

富野は鬼龍に電話をかけることにした。

17

「サイバーパンサーですか?」

電話の向こうの、鬼龍が言った。「ああ、よく知ってますよ。与部星光の会社でしょう?」

「あんたが、与部星光を知っているとは思わなかったな」

「俺だって、スマホくらい持ってますからね」

富野は言った。

「なんだか、お祓い師とスマホがしっくりと結びつかないんだがな……」

「最近は、ガラケーのほうが少ないですからね。パソコンのメールやスケジュールを同期しておくと便利だし……」

「パソコンも使うのか?」

「今どき、使わない人のほうが少ないと思いますよ」

「その与部星光が、あんたに会いたいと言っているんだが……」

「俺にですか？」

「話せば長くなるんだが……」

「かまいませんよ。俺、別に忙しくないですから」

「俺が忙しいんだよ」

「じゃあ、手短に……」

富野は、与部が鬼龍に会いたがったいきさつを、かいつまんで説明した。

「えーと……、与部が狐憑きに興味を示したということですか？」

「ああ。社員は否定しているが、話を聞いたところ、どうやらオカルトに興味があるらしい」

「天才だという噂ですからね。そういう人たちは、我々と頭の構造が違います」

「あんたらと俺も、頭の構造は違うと思うがな……」

「そんなことはないと思いますよ。富野さんは、明らかに『こっち側』の人です」

「そういうことを言うのはやめろと言ってるだろう」

「それで、いつ行けばいいんですか？」

「明日、午後二時だ。サイバーパンサー社の場所は知っているか？」

「調べればすぐにわかります」

「じゃあ、受付の前に午後二時に」

「わかりました」

富野は電話を切った。

有沢が言った。

「自分も行っていいんですね？」

「そうだな……。おまえのほうが、俺よりも与部の話を理解できるかもしれないな」

「やった」

「何が、やった、だ。ガキじゃあるめえし。ちゃんと下調べしておけ」

「はい」

富野は、ふと気になって言った。

「……で、そのオプションで見られる占い師の仙人てのを見せてくれないか」

「はい」

有沢は、タブレット端末を操作し、富野のほうに向けた。

富野はディスプレイを覗《のぞ》き込んだ。

白髪、白ひげの老人が現れる。なかなかリアルなCGだった。それが動き、しゃべりはじめた。

「お、動画なのか？」

「はい」

画面から嗄《しわが》れた声が聞こえてくる。

富野は、思わずディスプレイに見入った。

「七月一日生まれのおぬしは、西の方角に幸運があるだろう。逆に東へ行くときは、気をつけることだ。金属の飾り物を身につけると厄除《よ》けになるであろう」

その声は、老狐が憑依《ひょうい》したときの三人の声や口調にそっくりだった。

有沢が言った。

「あ、七月一日って、自分の誕生日なんですけどね……」

「そんなことは、どうでもいい。これは、どういうことなんだろうな」

「どういうことって……」

「老狐が憑いた三人は、こんなしゃべり方だったし、声もそっくりだな……」

「そうでしょう？　自分もそう思ったんですよ」

「だから、これは、いったいどういうことなんだと、俺は言ってるんだ」

「やっぱり、富野さんの読みどおり、事件とネイムの占いアプリが何か関係あるということですかね？　だとしたら、さすがですね」

「おまえにほめられても、うれしかないよ」

富野は、どういうことがあり得るのか、真剣に考えていた。

有沢が言った。

「あの三人が、この占い仙人の口調や声を真似ていたということですかね？」

「わからんな。その可能性もないわけではないが、おまえ、あれが演技だったと思うか？」

有沢は肩をすくめた。

「さあ、自分は狐憑きなんて、初めて見ましたからね。演技だったかどうかなんて、わかりませんね」

「俺だって、狐憑きなんて見たことがなかったよ。それでも、あれはリアリティーがあった」

「リアリティーですか……。でも、今どきの中学生なら、あれくらいの演技をしてもおかしくはないという気はしますね」

「今どきの中学生か……。そういえば、与部星光が、中二病について説明してくれたよ」

「中二病……。そういえば、狐憑きになった三人は全員十四歳でしたね。中三が一人いたが、あとは中二ですね」

「その年齢になると、急に自意識が強くなり、周囲に批判的になる。そのせいで、妙な妄想を抱いたりすることがある。それをひっくるめて、中二病と言うそうだな？」

「そうですね。だいたいそういうことだと思います。わかりやすく言うと、生意気な勘違い野郎たちのことですけどね」

「勘違い野郎？　女もいるだろう」

「勘違い野郎と、勘違い女たちですね。そういうやつらですから、大人を欺いて喜んでいる、というのはおおいに考えられますよ」

「狐憑きのふりをして、か……？」

「ええ。可能性はあるでしょう」

富野は考え込んだ。

「口調だけなら真似できる。だが、彼らは声までが変わっていた」

「嗄《か》れた声を作ることは、そんなに難しくないんじゃないですか？　あの年齢だと、変声期の可能性もありますよ」

「金沢未咲は女子だぞ」

「無理やり大声を出すとか、声を嗄らす方法はいくらでもあるでしょう」

「ただ嗄れているだけかもしれませんよ。そんな気がしただけじゃないように聞こえたけどな……」

「そんな気がしただけかもしれません。富野さんは、鬼龍さんたちから、狐憑きの話を事前に聞いていたんじゃないですか？　それで、そういう先入観を持ったのかもしれません」

「いや、俺が最初に狐憑きを見たのは、鬼龍に再会する前だ。正確に言うと、老狐に操られた侍者《じしゃ》を見たわけだが……。俺は、その声と口調に驚いたんだ。先入観などなかった」

「でも、富野さんは、昔から鬼龍さんや安倍さんと知り合いだったんですよね。だったら、狐憑きのこともよくご存じだったんでしょう？」

「別に、よく知っていたわけじゃない」

「でも、自分よりは狐憑きをすんなりと受け容《い》れたと思いますよ。予備知識があったんですからね」

「おまえの気持ちもわからないではない」

「自分の気持ちですか？」

「なんとか、常識的な線で説明をつけようとしているんだろう。そのほうが、気分的に楽になるからな。訳のわからないものを受け容れるのは楽じゃない。だがな、あの三人の声は、間違いなく老人のものだった。そして、鬼龍たちが祓った後は、少年少女の声に戻っていた。だから、無理に声を嗄らしたわけじゃないことがわかる」

「うーん……」

「それに、あのばか力はどう説明するんだ。警察官が複数で押さえつけようとしたが、はねのけられたんだ。おまえだって弾《はじ》き飛ばされたじゃないか」

「そうでしたね……。じゃあ、富野さんは、あくまで本当の狐憑きだと考えているわけですね？」

「そう考えないと、説明がつかないことが多すぎる」

「じゃあ、ネイムの占いアプリとの関係はどうなんです？　占い仙人の声や口調と、あの三人が狐憑きだといわれている状態のときの声音《こわね》が似ているのはなぜです？」

「それは見当もつかない。だから明日、鬼龍を連れて与部に会いに行くんだ」

「与部星光が何か知っていると思いますか？」

「さあな。だが、俺の勘では、あの会社は事件と無関係じゃない」

「勘ですか。そりゃ説得力に欠けますね……」

「そんなことはわかってるよ。だから、必ず与部から何か聞き出さなけりゃならないんだ」

「与部星光が事件に関係しているということですか？」

「与部本人が関与しているかどうかは、まだわからない。あの会社の誰かが、何かを仕組んだということも考えられる」

「いったい何が目的で……？」

「だから、そんなことわからないって言ってるだろう」

「勘なんですよね」

「勘で悪けりゃ、経験による予想と言ってもいい」

「鬼龍さんと、事前に打ち合わせをしておかなくていいですか？」

「必要ないだろう。要するに、与部が何をしゃべってくれるか、が重要なんだから……」

「三人の狐憑きに、年齢以外に共通点がないか、調べたほうがいいですね。ネイムを使っているということ以外に、何かわかるかもしれません」

「そう思ったら、さっさと調べに行けよ」

「え、自分一人で行くんですか？　刑事は二人一組が原則でしょう？」

「何度も同じことを言うなよ。原則を完璧《かんぺき》に守って生きてるやつなんていないよ。まあ、おまえ一人に押しつけるのも効率が悪いのは確かだ。じゃあ、俺は金沢未咲に会ってくる。おまえは、他の二人のことを調べてくれ」

「すでに家裁に送られていたら、会うのは難しいですね」

「判事に頼んで、事情を聞かせてもらえ。もしかしたら、もう処分が決まって、自宅に戻っているかもしれない」

「わかりました」

有沢は、すぐに出かけていった。

席に残った富野は、しばらく考えを巡らせていた。

サイバーパンサー社には、何かある。事件に何らかの形で、関わっているような気がしてならない。

確証は何もない。説得力に欠ける。腹立たしいが、有沢の言うとおりだ。

だが、富野は自分の勘を信じていた。

ネイムの占いアプリのオプション画面に登場する、占い仙人の声音や口調が、狐憑きの少年少女のそれらとほとんど同じだったことを見ても、サイバーパンサー社の関与は疑える。

問題は、どのように関与しているかがまったくわからないことだ。そして、その目的も不明だ。

だいたい、本当に三人は狐憑きだったのだろうか。有沢は、常識的な説明を試みようとした。だが、事実と合わない。狐憑きだと考えたほうが、事実をうまく説明できるような気がした。

とにかく、金沢未咲に会いに行ってみよう。富野は席を立った。

今日二度目の訪問に、未咲の母親は驚いた顔を見せた。

「何か……？」

「あ、いえ、さきほど訊き忘れたことがありまして……」

「訊き忘れたこと……？」

「今、会えますか？」

「ええ、だいじょうぶだと思います」

母親は不安そうだった。

無理もない。刑事が一日に二度も訪ねてくれば、プレッシャーもかかる。できるだけ安心させてやりたいが、あいにく富野はそういうことが言えるタイプではない。

「できれば、さきほどのように、お嬢さんだけにお話をうかがいたいのですが……」

「わかりました。お上がりください」

富野は、さきほどと同じ場所に腰を下ろした。リビングルームの応接セットだ。しばらくして、未咲だけがやってきた。

ソファに座って、黙っている。

「済まないな。二度も押しかけてきて」

「別にいいよ。学校休んでいて暇だし」

「昨夜のことは、夢の中の出来事だと思っていた。そう言ったな？」

「そうだよ」

「そういうことは、前にもあったのか？」

「初めてだよ」

「どうしてそうなったのか、心当たりはないか？」

「こっくりさんとかって話？　心当たりはないって、私言ったよね」

「確認したいんだ。こっくりさんとか狐のことは忘れてくれ。何か、他のことで心当たりはないか？」

「別にないなあ……」

「ネイムの占いアプリをやったって言ってたな？」

「うん」

「アプリにオプションページがあるの、知ってるか？」

「知ってる」

「占い師を選べるんだろう？」

「そう」

「誰か選んだこと、あるか?」

「仙人」

やっぱりか。

これだけで、アプリが狐憑きに関係があるとは断定できない。だが、つながりが見えてきたことは確かだ。

「そのオプションページのことを知ったのは、いつ頃のことだ？」

「うーん。よく覚えてないなあ……」

「最近のことか？」

「夏休み前だから、たぶん二ヵ月くらい前のことだと思う」

「それから、何回かそのページにアクセスしているのか？」

「うん。なんか、本物っぽいじゃない。占いも当たるような気がするし……」

「何回くらいアクセスした？」

「暇だとつい、アクセスしちゃうから、ほとんど毎日のように……。占いって、毎日見たくなるし」

毎日、占い仙人にアクセス……。それが、狐憑きと何か関係があるのだろうか。だが、それを未咲に質問しても無駄だ。彼女にわかるはずがない。

富野は話題を変えることにした。

「サイバーパンサーは知ってるな？」

「知ってるよ。ネイム作ったところでしょう？」

「その会社と、何か直接関わりがあったりしないだろうな……」

「会社と……？　関わりなんてないよ」

「そうだろうな」

「でも、与部星光なら関わりがないわけでもない」

「何だって？」

「与部星光。サイバーパンサーの社長だよ」

「それは知ってる。どういう関わりがあるんだ？」

「ツイッターでフォローしてる」

ツイッターなどやったこともないが、フォローがどういうものかは知っている。要するに読者のことだと、富野は理解していた。

「どうして、与部星光のフォローを……？」

「なんか、おもしろそうだし……。高校中退で、ネイム作っちゃったんでしょう？　天才だっていうし、ファンも多いんだよ」

「なるほど……」

「与部星光のフォロワーは、何十万人もいるけど、ブログを見に行く人はあんまりいないと思う」

「ブログも見ているのか？」

「与部本人が主宰している掲示板にも書き込んだことがあるよ」

「与部が主宰している掲示板？」

「2ちゃんみたいなやつ。いつもいろいろなスレが立ってる」

「どんなことを書き込んだんだ？」

「えー、別にどうってことないことだよ。ノリで、周りに合わせる感じ？」

富野は、うなずいてから尋ねた。

「石村健治という名前に聞き覚えは？」

「イシムラ・ケンジ……？　ううん、聞いたことない」

「じゃあ、宮本和樹は？」

「知らない」

そうだろうな。

富野はまったく落胆しなかった。どうせ、ダメモトで訊いたのだ。世の中、そんなにうまくはいかない。

「他に何か思い出したことはないか？」

「ないよ」

「わかった。もう一度言うが、二度も訪ねて来て済まなかったな」

「別に、富野さん、なんだか頼りになる感じだし」

「そう言われると、悪い気はしないな」

「ねえ、友達に本当のこと話して、引かれないかな……」

「だいじょうぶ。本当の友達ならな」

「本当の友達かどうかなんて、わかんないよ」

「話してみれば、わかるんじゃないか？　そのくらいの度胸はあるだろう？」

未咲はしばらく考えていたが、やがて言った。

「そうだね」

18

富野は、午後五時半頃に本部庁舎に戻り、有沢の帰りを待った。彼は、午後七時過ぎに戻って来た。

「会えたか？」

「石村は刺された被害者だから自宅にいましたたし、宮本は、まだ所轄にいましたので……」

「まだ送致していないのか？」

「検察が話を聞きたがっているんだと思います」

「取調室から逃げたりしたことが問題になっているんだろうな……。だが、小岩署の南部が俺の言うとおり検察に説明していれば、たいしたことにはならないだろう」

「そうですね。所轄の担当者たちも、ひどいいじめにあっていたこともあり、情状酌量の余地があると言っていました。検察官も、少年犯罪は家裁に全件送致なんで、これ以上は追及しない方針のようです」

「ふん、検察は逆送を気にしてるのさ。だから、いちおう調べておかなけりゃならない。それだけのことだ。それで、本人たちから話は聞けたのか？」

「はい。石村と宮本に、ネイムの占いアプリの件を尋ねてみました。二人とも、占いのオプションページのことを知っていましたね」

「占い師を選んだんだな？」

「ええ。二人が選んだのは、占い仙人です」

「やっぱりな……」

「こうなると、アプリと狐憑きが、無関係とは思えませんね」

「狐憑きの三人が、ネイムをやってるとか占いアプリを使っているとかだけだったら、偶然とも考えられるが、三人ともオプションページを知っていて、しかも、選んだ占い師が仙人だったとなると、関連を疑わざるを得ないだろう」

「そうですね……」

「しかも、占い仙人の口調や声が、老狐が憑いたときのものとそっくりだ。もはや、無関係とは言えない」

「いやあ、富野さん、すごいですね。最初からネイムに眼を付けていましたもんね」

「いいか、他の捜査員をすごい、なんて言うな。すごいという言葉は、所詮《しょせん》他人事《ひとごと》だと考えている証拠だ。そんなことを言っている間は、その相手と自分の差が埋まらないん

う。

「いや、そうじゃなくて、富野さん、いいこと言うなあと思って感心していたんです」

こいつは、どこまで本気なのかわからない。おそらく、彼なりに一所懸命なのだと思う。

「へえ、じゃないよ。ちゃんとわかってるのか？」

「へえ……」

だ」

「石村と宮本に、サイバーパンサー社のことを尋ねてみたか？」

「二人とも、与部星光のファンだと言ってました」

金沢未咲も似たようなことを言っていた。

「会社の社長に、中学生のファンがいるってのは、どういうことなんだ？」

「与部星光は、ただの会社社長じゃありませんよ。彼は、伝説のプログラマーだし、一種のカリスマでもあります」

「カリスマね……」

「そうです。ツイッターのフォロワーは、今や数十万人に達しているようです」

「そうらしいな。それはすごいことなのか？」

「ちょっとしたアイドル並みですね」

「アイドル並みね……。それで、石村や宮本は、与部星光と直接関わりはあるのか？」

有沢は、驚いた顔になって言った。

「とんでもない。与部星光と直接関わるなんて、そんなこと、あるわけありません」

「そんなことは、訊いてみなけりゃわからない。事実、俺は会ったんだ。質問したんだろうな？」

「そんな事実があったら、自分のほうから言い出すでしょう。自慢の種でしょうからね」

「質問したのか、してないのか」

「しましたよ、いちおうは……。でも、二人とも会ったことなんてないって言ってました」

「会ったことがなくても、連絡を取り合う方法はいくらでもあるだろう。今はネット社会で、与部星光はＩＴ業界のカリスマなんだろう？」

「二人とも、与部のブログの常連のようです」

「なるほど、ブログか……。掲示板はどうだ？　与部が主宰している掲示板があるそうじゃないか」

「よく知ってますね」

「金沢未咲が、そこに書き込みをしたことがあると言っていた」

「金沢未咲も、ですか」

「……ということは、石村と宮本もその掲示板を知っていたということだな？」

「知っていたどころか、けっこうな常連だったようです」

「三人が、与部の掲示板という共通点でつながった……」

「でも……」

　有沢が表情を曇らせた。「それが、つながったといえるかどうか……」

「どういうことだ？」

「与部星光の掲示板に書き込んでいる人は、膨大な数に上ります。アクセスだけしたことがあるという人を含めれば桁《けた》が上がるでしょう。同じテレビ番組を見た人たちが、つながりがあると言うのと同じじゃないですか？」

「俺は、テレビ番組とネットは別物だと思っている。テレビは、勝手に流れてくるが、掲示板は、こちらから積極的にアクセスする必要がある」

　有沢は一瞬、考え込んだ。

「いえ、だとしても、数十万、いや、延べにすると数百万単位の人々の中の三人に過ぎません」

「もし、与部星光が、その三人のことを覚えていたとしたら、どうだ？」

「そうだとしたら、ちょっと特別なことかもしれませんね。与部がそんなことを言っていたんですか？」

「いいや。あくまでも、仮定の話だ」

「なんだ……」

　なんだ、という言い草に少しばかり腹が立った。

「ネットや与部のことに詳しいおまえに訊きたい。占いアプリのオプションページや、与部の掲示板が、狐憑きに関係あるとしたら、どういうことが考えられる？」

「想像もつきませんね」

「考えるんだよ。いい捜査員はな、足といっしょに頭を使うんだ」

「いい捜査員ですか……」

あまり反応がよくない。

もしかしたら、有沢はいい捜査員になどなりたくないのかもしれない。生活安全部や刑事部は、出世街道とは言えない。

総務部などの管理畑が出世街道なのだ。有沢は、そっち方面を望んでいるのかもしれない。

それを非難はできない。出世を望むのも警察官の生き方だ。むしろ、そのほうが幸せな警察官ライフを送れる。

ただ、富野とは違っているというだけのことだ。富野は、捜査員としての実力が何より大切だと思っている。

「やっぱり……」

考え込んでいた有沢が言った。「与部がオカルトに興味を持っているとしたら、そのへんに関係があるんじゃないでしょうかね」

「だから、どう関係があるんだ？」

「それはわかりませんよ」

これ以上、有沢を責めても無駄だろうと、富野は思った。

IT企業の社長と、狐憑きの少年少女。

誰が考えたって、その関係を説明することなんてできないだろう。だが、もしかしたら、与部なら説明できるかもしれない。

富野は言った。

「とにかく、明日、与部に話を聞いてみよう。今日はもう、引きあげよう」

富野が腰を上げると、有沢がほっとした顔になった。


鬼龍は、受付の近くにある座り心地がよさそうなソファに腰かけていた。いつもと同じで、黒ずくめだ。

黒いシャツに黒いスーツ。靴も靴下も黒だ。

「待たせたか？」

富野は鬼龍に言ってから、受付に社長と面談の約束があると告げた。

今日は、広報課長ではなく、秘書課長の林が迎えにやってきた。

林は、鬼龍を見ても顔色一つ変えなかった。たいてい、初対面の相手は、その出《い》で立ちに不審げな顔をする。さすがに、秘書課長は来客への対応を心得ているようだ。

すぐに社長室に案内された。

有沢は、サイバーパンサー社に近づくにつれ、無口になっていった。おそらく、緊張しているのだろう。

警察官が話を聞く相手に緊張するなんて、どういうことだ。富野は、そう思ったが、黙っていることにした。

「やあ、あなたが、お祓い師……？」

与部星光は、鬼龍を見て言った。子供のように眼が輝いている。

富野や有沢は眼中にない、といった態度だ。

富野は言った。

「紹介します。鬼龍光一です」

与部は、ようやく富野に気づいた、とでも言うように視線を向けて言った。

「キリュウ・コウイチ……？」

富野はうなずいた。

「そう。鬼に龍という字を書く」

鬼龍が言った。

「あ、いちおう、名刺持ってます」

鬼龍は名刺を取り出して、与部に差し出した。

こいつ、俺には名刺なんて出したことないくせに……。

富野は、そんなことを思っていた。名刺を受け取った与部が、うれしそうに言った。

「へえ、すごい名前だね。これ、芸名？」

「いえ、本名です。わが一族はみんな鬼龍です。……というか、芸名って、俺は別に芸事などやってませんし……」

「どこの出身なの？」

「奈良県の桜井《さくらい》市です」

「本当に、お祓い師なの？」

「そうです」

「富野さんだっけ？　あの刑事さんが、言っていた。あなたが、狐憑きを祓ったんだって？」

「正確に言うと、富野さんは刑事ではありません。生活安全部の少年事件課なので……」

「え、そういうもんなの？」

富野がこたえた。

「そうです。刑事というのは、刑事部や刑事課にいて、刑事事件を扱う捜査員のことです。でもまあ、一般には、私服警察官をたいてい、刑事と呼んでいますが……」

与部は、どうでもいいというように、あっさりと富野の言葉を無視した。彼は、鬼龍に向かって言った。

「狐憑きを祓ったって、本当なの？」

「それが仕事ですから……」

「狐が憑いたときって、本当に獣みたいになるの？」

「そうですね。乱暴な言葉を使ったり、重症の場合は、言葉すら発しなくなります。獣のように唸《うな》り声だけを出すんです」

「重症？　狐憑きにも重症とか軽症とかあるの？」

「ありますよ」

「へえ……。病気みたいだね」

「西洋の悪魔憑き同様に、狐憑きも一種の病気だと主張する学者もいます」

「精神障害とか……？」

「ええ。そうですね」

「あなたも、そう思う？」

「どうでしょう。精神というものの、捉《とら》え方にもよります」

「それは、どういうこと？」

「人間の精神活動が、個人個人の脳だけの働きの結果だとしたら、おそらく憑依など起きないでしょう」

「個人個人の脳の働きの結果……」

与部は、ますます興味深そうな表情になった。「そうでない場合って、どういうことなの？」

「人が集団としての、共通意識を持ち、さらに、意識が、他の存在につながっているとしたら……」

「他の存在……？　例えば、神とか？」

「神かどうかはわかりません。でも、俺の経験から言うと、ある人の意識が、他者の意識と同調、あるいは共鳴してしまうことがあるようなのです」

「同調、あるいは共鳴……」

「そうです。その場合の他者の意識というのは、人の意識とは限りません。動物の意識のように低次元の意識の場合もあれば……」

「神のような高次元の意識もある……」

「そういうことです。ですから、広い意味で言うと、神託や啓示と、狐憑きは、同じ現象なのです」

「なるほど、よくわかるよ」

富野にも、なんとなくわかった。もちろん、すべて理解できたわけではない。だが、意識が同調、あるいは共鳴するというのは、想像することができる。

与部がさらに質問した。

「それで、人間の精神活動というのは、単なる個人の脳の働きの結果ではないと、あなたは考えているわけだね？」

「そういうことは考えません。俺は、目の前で起きている憑依現象について対処するだけです」

「原因も知らずに？」

「理屈など知らなくても祓うことはできます」

「ああ、それ、わかるなあ。薬学の人がよく言うよね。薬の成分がどうやって効いているのかはわからないけど、とにかく効果はある、って……」

「そう。世の中のことがすべて解明できると考えるのは、人間の傲慢《ごうまん》です」

「傲慢ね……。それでも、僕は知りたいと思うんだよ」

「何を知りたいのです？」

「何でも。ありとあらゆることを知りたい。僕の知らないところで、何かが起きている。それを考えると、猛烈に腹が立つんだよね」

このまま、二人で会話をさせるのも手だ。だが、ある程度話の方向を決めてやらなければならない。富野はそう思って、発言した。

「与部さんは昨日、霊界ラジオの話をしてくれた」

鬼龍がこたえた。

「ほう……。霊界ラジオですか」

与部が尋ねる。

「霊界ラジオについては、詳しい？」

「それほど詳しいとは思いませんが、ひととおりのことは知っているつもりです」

「エジソンとか、ラーデブの研究のことは？」

「知っています」

「どう思う？」

「霊界と通信できた、とか、霊界からの声をラジオが捉えたとかいう話ですね。おそらく、ノイズとか空電の類《たぐい》じゃないかと思います。あるいは、突然できる電離層。スポラディックE層といいましたか……。それによって、普通では届かないような電波が届くことがあるそうです」

与部が、ちょっと興ざめの顔になった。

「あなたは、実際に除霊をするんでしょう？　つまり、霊の存在を信じているということだ。それなのに、霊界ラジオについては、なんだかひどく常識的なことを言う。どうしてなんだろう」

「除霊はします。でも、いわゆるオカルトというのは嫌いです」

「オカルトが嫌い？　でも除霊ってオカルトなんじゃないの？」

「もともとオカルトというのは、異教や異端のことです。そして、超自然的で一般的に説明がつかないものをオカルトというのです。心霊現象がその代表的なものですが、その大半がでたらめでありインチキなのです」

与部がうなずいた。

「そうだね。オカルト雑誌やテレビ番組で取り上げるものは、たいていインチキだ。だけど、心霊現象は実在する。あなたは、そのことをよく知っているはずだ」

「もちろん知っていますよ。だから、それには、普通に対処します」

「普通に対処する？」

「そうです。俺にとって除霊は仕事ですからね。狐憑きも、普通に祓いますよ。それが俺の常識です。常識のあり方って、人それぞれでしょう？」

「僕は、常識にはとらわれない。常識に縛られていては、新しいものを作れない」

鬼龍がかすかに笑った。

「常識にとらわれない、などという言い方をすること自体、常識にこだわっていることになるんですよ。そうは思いませんか？」

与部は、再びうれしそうな顔になった。

「そうそう。わかるよ。それ、とても重要なことだね。僕も、普段は常識なんてことを考えたこともない」

「霊が存在するかどうかは、はっきりとはわかりません。しかし、心霊現象は何度も経験しています。俺に言えるのは、そうした現象は実在するが、霊が実在するかどうかは実証できないということです」

「霊が存在しないのに、心霊現象が起きると思う？」

「俺は、現象そのものは認めています。でも、その現象の原因や理由はわかりません。そして、それを解明する必要もないのです。心霊現象には対処できます。その方法も知っている。それで充分なのです」

「でも、狐憑きって、狐の霊が憑くわけでしょう？」

「俺は、便宜的にそう呼んでいるだけです。昔からそう言われていますからね。でも、本当に狐の霊かどうかわかりません。狐憑きの原因が霊なのかどうかも、俺には断言できない。他の原因があるのかもしれません」

この言葉に、富野は驚き、思わず発言した。

「何だって？　あんた、あの三人には老狐が憑いたんだって言ってたじゃないか」

鬼龍は平然とこたえた。

「ああいう状態を、昔から『老狐が憑いた』と言いますから……。俺は、その昔からの習慣に従っただけです」

「老狐の霊が存在するんじゃないのか？」

「だから言ってるでしょう。俺が確認できるのは、『老狐が憑いた』状態だけです。老狐の霊が本当にいるかどうかはわかりません。除霊は、霊を相手にするんじゃないんです。それはエクソシズムもたぶん同じです。霊に憑かれた、あるいは悪魔に憑かれたとされる人間を相手にするんです」

与部が鬼龍に言った。

「現実味があるね。実際に祓うところを見せてもらいたいな」

鬼龍はこたえた。

「狐憑きになった人がいれば、いつでも祓いますよ」

「じゃあ、狐憑きを探してくるよ」

「そんなことができるんですか？」

「会社の力を使えば、たいていのことはできる」

「ネットを利用するんですね？」

「もちろん」

「さきほど、霊界ラジオの話題が出ました。あなたは興味がおありのようでしたね」

「ああ」

「あなたも、そのような研究をされているのですか？」

与部は、すぐには言葉を返さずに、にやりと笑った。

やがて、彼は言った。

「研究はしている。ただし、僕が使うのはラジオじゃない。パソコンとネットだよ」

19

ここが、攻めどころだと判断した富野は、与部と鬼龍の話に割り込んだ。

「ブログを持っているそうですね」

与部は、わずかにしかめ面をした。鬼龍との会話を邪魔されたと感じたのだろう。

「持ってるよ。まあ、もうブログは時代遅れだけどね。フェイスブックや、ツイッターで事足りる。もちろんネイムでもオッケーだ」

「ブログのファンも多いと聞いています」

「まあね」

「掲示板も運営しているそうですね」

「つうか、管理人をやっているだけだよ」

「書き込み全部に眼を通しているんですか?」

「うーん……。まあ、全部とはいかないなあ。でも、なるべく見るようにしているよ。

企画開発のための、思わぬヒントが見つかることがあるからね」

「ブログや掲示板の常連を覚えていたりしますか？」

「まあ、しょっちゅう書き込んでくる人は、自然と覚えてしまうね」

「石村健治、宮本和樹、金沢未咲……。これらの名前に心当たりは……？」

与部は、きょとんとした顔で言った。

「何？　その人たち……」

「あなたのブログや掲示板の常連だと思うんですが……」

与部は笑った。

「本名なんてわからないよ。みんなハンドルネームか『名無し』で書き込むからね」

『名無し』……？　名前を書かないわけですね」

「そうだよ。そういうの、2ちゃんとかじゃ常識だろう？」

「俺は、そういう常識を持ち合わせていないんですよ」

「えっ、アナログの人なの？」

「仕事でパソコンは使うし、けっこうネット検索もしますよ。でも、掲示板にどっぷりはまったりはしません」

「ふうん……」

「名無しじゃ、誰が書いたのかわからないですね……」

「ところが、人によって癖があるので、なんとなく区別がつくんだ」

「区別はつくけれど、今、俺が言った名前に心当たりはないというわけですね？」

「ないよ。掲示板もブログも、書き込みの内容には興味あるけど、書き込んだ人には興味はないからね」

「俺は、きっとこの三人に興味を持ってもらえると思いますよ」

「どうして僕が興味を持つのさ？」

「この三人が、狐憑《つ》きだったんですよ」

「へえ……。たしか、全員十四歳だって言ってたね」

「そうです」

与部が鬼龍に眼を戻した。

「つまり、その三人をあなたが祓《はら》ったってこと？」

鬼龍がうなずいた。

「そういうことになりますね」

「さっき、『老狐《ろうこ》』とか言っていたよね？　それって、何のこと？」

「年老いた狐のことです。狐に限らず、動物は歳を取ると霊力を持つと言われていますから……」

「本当にそうなの？」

「ですから、俺は本当かどうかは考えないんです。ただ、そういう言い伝えがあるのは事実です」

与部が意味ありげに笑った。

「でも、老狐を祓ったんだよね？」

「ええ。それが仕事ですから……」

「老狐って、手強《てごわ》いの？」

「どう言ったらいいんでしょう……。手強いかどうかは、対象の人によるんですよ」

与部が眉《まゆ》をひそめた。

「憑く霊じゃなくて、憑かれる人によるってこと？」

「まあ、そういう言い方もできますね」

「へえ……」

与部は、鬼龍と話を続けたがっている。だが、質問することが先決だと、富野は思った。でなければ、再び与部を訪ねた意味がない。

「前にここをお訪ねしたときに、中二病が狐憑きの原因かもしれないとおっしゃいましたね？」

「そんなこと、言ったっけ？」

「ええ、おっしゃいました。それについて、詳しく聞かせていただきたいんですが……」

「詳しくって……」

与部は面倒《めんどう》臭そうに言った。「僕は別に、確信があってそう言ったわけじゃないと思うよ。言ったことを覚えていないくらいだからね。たぶん、そのときの思いつきで言っただけだよ」

「では、もう一度同じ質問をします。特定の年齢の三人に、奇妙な現象が起きたのは、どうしてだと思いますか？」

与部は、どうでもいい、とでも言いたげに小さくかぶりを振った。

「そんなこと、僕は知らないよ」

「おや、妙ですね……」

「妙……？」

「ええ、あなたは、何にでも好奇心を持たれると思っていました。狐憑きになった三人が皆十四歳だったという事実は、充分にあなたの興味を引くと、俺は思っていたんですが……」

与部は、今までに見せたことのない表情を富野に向けた。むっとした顔だった。まるで、わがままな子供が、何か思い通りにならないことがあったときのようだ。

「僕だって、興味があることと、ないことがある」

「それがおかしいと言ってるんです」

「何が？」

「あなたは、狐憑きのことに強く興味を持っているはずです。だから、鬼龍にあれこれと質問をなさっている。でも、三人が同じ十四歳だったことについては、まったく関心を示さない。これは、妙ですよね。なぜなんです？」

「なぜか、なんて、僕にもわからないよ。ただ、刑事さんが言うことには興味が持てないだけだよ」

「俺が言ったことに興味が持てない」

「そういうことだね」

「じゃあ、同じことを鬼龍が言ったらどうです？」

富野は鬼龍を見た。鬼龍が、与部に言った。

「俺も理由を知りたいですね。どうして、狐憑きになった三人が、すべて十四歳だったのか……」

与部は、わずかだがうろたえたような態度を見せた。

「偶然じゃないの？」

富野は、さらに言った。

「三人の共通点は、それだけじゃないんです。彼らは、ネイムの占いアプリをかなりの頻度でやっており、さらにオプションページを知っていました。そこで、占い仙人を選択していたんです」

「だからさ、ネイムのアプリなんて誰だってやってるって言ったじゃない。それも偶然じゃないの？」

「そして、三人はいずれも、あなたのブログと掲示板の常連だった」

「ええと……」

与部は、かすかに笑みを浮かべた。うろたえていたのは一瞬のことで、彼はすぐに余裕を取り戻した。「刑事さんは、何が言いたいの？」

「別に何も言いたくはありませんよ。ただ、疑問に思っていることを口に出しているだけです」

「三人の共通点なんて、僕の知ったこっちゃないね。僕に関係ないじゃないか」

「ネイムに関係あるかもしれません。ネイムはあなたが開発したんですよね？」

「そうだよ」

「だったら、あなたにも無関係とは言えないと思います」

「こじつけでしょう、それって」

「三人が狐憑きのときに、ネイムの占い仙人とそっくりの声と口調でしゃべっていたんです。それも偶然ですかね？」

「狐憑きになったところを、刑事さんも見たわけ？」

「見ましたよ」

与部の眼が輝いた。好奇心が顔を出したのだ。

「本当に狐憑きだったんだね？　そのときの様子を詳しく教えてくれないか？」

「それを教えたら、ネイムと狐憑きの関係を教えてくれますか？」

与部は、しばらく考えている様子だった。やがて、彼は肩をすくめた。

「僕が知っていることなら話してもいいよ」

　富野はうなずいた。

「三人は、老人のような声としゃべり方になっていました。その声と話し方は、今言ったとおり、ネイムの占い仙人とそっくりでした。三人とも、です。そのうちの一人は、女の子でした」

「それから……？」

「眼が異様にぎらぎらと光って、体のことを容《い》れ物だと言っていました。力が異常に強くなっていて、一人はそこにいる有沢を軽々と数メートルも弾《はじ》き飛ばし、女の子は、四人の男を半殺しにしたんです」

　与部の眼の輝きが増していく。彼の表情は喜びに満ちていた。

「本当に異常な力だったんだね？」

「普通じゃなかったですね。しゃべり方や声だけじゃなくて、そのばか力を見たんで、俺は狐憑きだって認めることにしたんですよ」

　与部がなぜか満足そうに言った。

「刑事さんは、心霊現象を認めるんだね？」

「実際にこの眼で見ていますからね。すべての心霊現象を信じるかと言われたら、どうかわかりませんが、自分で見たものは信じざるを得ません」

「それって、正しい態度だと思うよ」

「さて、今度はあなたの番ですよ」

「僕の番?」

「知っていることを話してもらいます」

「その前に……」

与部は鬼龍を見て言った。「どうやって祓うのかを教えてくれない?」

「人によってやり方はいろいろですけど、俺の場合は九字を切りますね」

「あの、臨《りん》、兵《ぴょう》、闘《とう》、者《しゃ》、皆《かい》、陳《じん》、列《れつ》、在《ざい》、前《ぜん》ってやつ?」

「真言密教の九字ですね。それを借用することもありますが、俺は古式の神道の祝詞《のりと》を使うことが多いです。ひ、ふ、み、よ、とか……」

「それって、数字じゃない」

「数霊《かずたま》、言霊《ことだま》というのは、立派な祝詞になるんですよ」

へえ、そういうことだったのかと、鬼龍の話を聞き、富野は今さらながら思っていた。

「九字を切って祝詞を唱えるだけ? それなら、誰にでもできるじゃない」

「実は、九字を切ったり祝詞を唱えたりするのは、たいして重要じゃないんです」

「何が重要なの?」

「この先は、企業秘密なんですけど……」

「そう言わないで、教えてよ」

「まあ、簡単に言えば、ある種の波動を使うんです」

「波動……? 音波とか電磁波とか……」

「そういうものだと思っていただいてけっこうです」

「わかった。念力なんだね？」

「たしかに、念の力という言い方もできますね」

「具体的にはどうやるの？」

「本当に、企業秘密なんですよ」

「ここまでしゃべったんだから、いいじゃない」

「参ったな……」

鬼龍は頭をかいた。芝居がかっていた。実際に芝居なのかもしれないと、富野は思っていた。彼は、実際には参ってなどいない。企業秘密などと言っているのも嘘なのではないだろうか。

鬼龍が説明を続けた。

「先ほど、意識の司調や共鳴という話をしましたね」

「うん」

「他者の意識との同調や共鳴、つまりもっと平たく言えば、他者との共感ということになりますが、それを司《つかさど》るのは脳の側頭葉です。側頭葉の中でも、特に神秘体験などに関係している部位があり……」

与部がうなずいた。

「シルヴィウス溝だね？」

「やはりご存じでしたか」

鬼龍が、与部から何かを聞き出そうとしているのが、富野にはわかった。だから、できるだけ会話の邪魔をしたくはなかった。だが、わからないことは、そのつど質問していかないと、会話についていけなくなりそうだった。

富野は二人に尋ねた。

「何です？　そのシルなんとかってのは」

鬼龍がこたえた。

「シルヴィウス溝。外側溝とも言われます。側頭葉、頭頂葉、前頭葉を分ける溝で、側頭葉の一部と見なされることが多いです。ヒトの脳の最も特徴的な部位だと言われています」

与部が、待ちきれないといった様子で言った。

「シルヴィウス溝が、お祓いとどう関係するの？」

「波動を送って、シルヴィウス溝を刺激するんです。それがお祓いなんです」

与部が目を大きく見開いた。

「驚いたな……。同じことを考えているなんて……」

この一言は、聞き流すわけにはいかなかった。富野は与部に尋ねた。

「同じことって、どういう意味です？　何と何が同じなんですか？」

与部が、肩をすくめた。

「話したいけど、どうやら時間切れだね」

　富野は言った。

「できれば強制捜査なんてしたくないんで、今ここで話してほしいんですが……」

「強制捜査？」

　与部は驚いた顔になって言った。「いったい、何の容疑で……？」

　そう言われて、富野は一瞬言葉に詰まった。与部は犯罪の被疑者ではない。今のところ、ただ話を聞きに来ているに過ぎないのだ。

　へたに粘れば、訴えられかねない。ここまでか。

　富野がそう思ったとき、有沢が言った。

「あの……。与部さんのことですから、エジソンやラーデブと同じことをお考えなわけではないですよね」

「えーと、あなたは？」

「有沢と言います」

「何が言いたいの？」

「与部さんは、霊界ラジオの代わりにパソコンやネットを使うと言われました。でも、いつキャッチできるかわからない霊界の声をただ待ちつづけるなんて、与部さんらしくないと思います」

「たしかに、そういうのは僕らしくないね」

「与部さんなら、エジソンやラーデブの実験をもとに、もっと画期的なことを試みるんじゃないかって、自分は思うんですが……」

「へえ、僕のことをよく知っているらしいね」

「ええ。自分も与部さんのファンですから」

「それはうれしいね……。で、僕が何を試みていると思うわけ？」

「それは、自分なんかにはわかりませんが……。ただ……」

「ただ？」

「側頭葉とか、シルヴィウス溝に関係あるんじゃないかと思って……。だって、シルヴィウス溝なんて難しい名前をご存じだったでしょう？」

「僕にとっては、別に難しい名前じゃなかったけどね……」

「同じって、ひょっとしたら、鬼龍さんのお祓いと、ネイムの占いアプリが、同じような作用をするということじゃないですか？」

「あなた、おもしろいことを考えるじゃない。でも、僕が何のためにそんなことをしなくちゃならないの？」

「さあ、何のためでしょう……」

有沢の追及はそこまでだった。尻《しり》すぼみではあったが、ここまで与部にしゃべらせたことはほめてやってもいいと、富野は思った。

「じゃあ、それを宿題にしよう」

与部は、楽しそうに言った。「他の二人も考えてよね。正解を出したら、何かご褒美を上げよう」

富野が与部に言った。

「宿題を出すということは、また会ってもらえるということですね？」

「鬼龍さんとの話はおもしろかったからね。僕に刺激的な話をしてくれれば、それは会社のためにもなる。何か新しいモノの開発につながるかもしれないからね。だから、そういう有益な時間はいくらでも作るよ」

「宿題は、いつまでに解けばいいんですか？」

「そうだね。期限を決めなければおもしろくないな……。明日までに考えてきてよ」

「もし、正解を考えつかなかったら……？」

「宿題をちゃんとやらないとペナルティーだね。二度と僕には会えなくなるということでどう？」

「いいでしょう」

富野は言った。向こうに会う気がなくても、警察は平気だ。令状を持ってくれれば、いくらでも会うことができるし、身柄も引っぱれる。どうやら、与部はそれに気づいていないらしい。

いや、気づいていても、自分はだいじょうぶだと高をくっているのかもしれない。会社が彼をいつも守ってきたのだろう。

おそらく優秀な弁護士がついているはずだ。身柄を拘束したら、その弁護士が出て来て、たちまち彼を連れ帰るかもしれない。

それでもいいと、富野は思った。弁護士がやってくるまでの間、与部の身柄は警察のものだ。それがたとえ短時間であっても、いろいろなことができる。

与部が鬼龍に言った。

「あなたも、必ずいっしょに来てよね。また、楽しい話を聞かせてほしいな」

鬼龍はこたえた。

「喜んで……」

富野らは、社長室をあとにした。

20

「ちょっと、本部庁舎まで付き合ってくれ」

サイバーパンサー社を出ると、富野は鬼龍に言った。

「警察に連れて行かれるのは、あまり気持ちのいいものじゃありませんね」

「つまらんことを言ってないで、来るんだ。三人で知恵を出し合わなければならない」

鬼龍が首をひねった。

「どうして与部に関わろうとするんですか？」

「三件の少年の傷害事件や略取・誘拐事件が起きた。そして、それらの事件の関係者が狐憑きになっている。それに与部の会社のネイムが関係している可能性が高い」

「それって、警察の仕事ですか？」

「少年事件が起きたのだからな。俺の仕事だ」

「でも、与部は少年じゃないでしょう」

「当たり前だ。だが、与部のせいで少年事件が起きたのかもしれない」

「それを証明できますか?」

「証明はできないかもしれない。だが、自白は取れるかもしれない。もし、俺たちがちゃんと宿題をやればな……」

「いや、それでも警察の仕事とは思えませんね。与部は、何か罪を犯しているのですか?」

与部にも同じようなことを尋ねられ、こたえに困った。実は、与部を犯罪者として検挙するのは難しいかもしれないと、富野は考えていた。

だが、放ってはおけない。与部は、何か妙なことをしている。そんな気がしていた。

「ともかく、だ」

富野は言った。「警視庁で話をしよう。三人寄れば文殊《もんじゅ》の知恵って言うだろう」

鬼龍が言った。

「四人ならどうでしょうね?」

「多いほうがいいとは思うが、誰を呼ぶつもりだ?」

「孝景です」

やはりそうか、と富野は思った。

「あんな乱暴なやつが、知恵を出し合うのに役に立つのか?」

「あいつは、ああ見えて、なかなか勉強家なんですよ」

鬼龍が安倍孝景に電話をした。

　空いている小会議室を、なんとか見つけて、富野たちはそこに陣取った。有沢が富野の隣に座り、鬼龍は向かい側の席だった。

「まず、サイバーパンサー社の社長室での話を整理しよう」

　富野が言った。「与部は、霊界ラジオのような研究をしていることを示唆した。ただし、彼が使うのは、ラジオではなくパソコンやネットだということだったが……」

「与部は、明らかに心霊現象に強い興味を持っていますね」

　鬼龍が言った。「だから、俺の話を聞きたがって、富野さんが話しかけるとつまらなそうな顔をしていました」

「単に俺が嫌いなだけかもしれないがね」

「それはないでしょう。おそらく現実的な話に興ざめしたのだと思います」

「あんたが、オカルトを嫌いだと言ったら、怪訝《けげん》な顔をしていたな」

「そうでしたね」

「まあ、俺だって、えって思うぜ。なにせ、実際に狐憑きをお祓いするやつが、オカルトを嫌いだなんて言えば、な……」

「俺にとってお祓いは、オカルトじゃなくて実務ですからね」

「あんた、狐の霊を信じているわけじゃないと言ったな。狐の霊は信じていなくても、お祓いはできると……。あれは、本音なのか？　それとも、与部の前だからわざとあんなことを言ったのか？」

「本音ですよ。俺は狐の霊を直接見たことはありません。ですが、狐憑きの現象は嫌というほど見てきました。仕事ですからね」

「狐の霊が憑くから狐憑きなんじゃないのか？」

「富野さんはそれを信じているのですか？」

富野は顔をしかめた。

「別に信じているわけじゃないが……」

「そうでしょうね。俺も信じていませんから……」

富野は、この言葉にまた驚いた。

「何だって？　狐憑きを信じていないというのか？」

「そうじゃありません。狐憑きと呼ばれている状態は信じますよ。ただ、その原因が狐の霊だということを信じるかと言えば、話は別です」

「じゃあ、狐憑きって何なんだ？」

「側頭葉やシルヴィウス溝に何か異常がある状態だと思います。それは、西洋の悪魔憑きも同じではないかと……」

「有沢もその点を指摘していたな。側頭葉やシルヴィウス溝とかいうのが、どうして狐憑きや悪魔憑きと関係あるんだ？」

「シルヴィウス溝に電気刺激を与えると、神の声を聞くとか天使の姿を見るといった神秘体験をすることが知られています。また側頭葉のある種の病気の発作で、本人がまったく記憶にない行動を取ったり、性格が変化したりするのです」

富野は知らず知らずのうちに眉間《みけん》にしわを刻んでいた。

「それは、たしかに狐憑きに似ているな……。だが、そういう病気の発作で、信じられないようなばか力の説明がつくのか？」

「これは、証明されているわけではないので、あくまでも俺個人の解釈なんですが……」

「別に証明なんてされていなくたっていいよ。あんたは専門家だ。意見を聞きたい」

そのとき、富野の電話が鳴った。受付に安倍孝景がやってきたという知らせだった。すぐに有沢を迎えにやった。

有沢が部屋を出て行くと、富野は鬼龍に言った。

「何の話だっけ？……そうだ、ばか力の話だ」

「どうせなら、孝景が来てから話をしましょう」

富野はうなずいた。

十分ほど待つと、有沢が孝景を連れてきた。銀髪に真っ白いシャツと真っ白のジャンパー、真っ白のズボン。

「なんだ、なんだ。俺や鬼龍を呼び出してどうするつもりなんだ？」

富野は言った。

「まあ、座ってくれ」

有沢がもとの席に戻り、孝景は鬼龍の隣に腰を下ろした。

白と黒の奇妙なコンビだ。

富野は、これまでの経緯を簡単に説明した。孝景がふんと鼻を鳴らした。

「何で俺が与部星光の宿題を解く手伝いなんかしなけりゃならないんだ？　俺の仕事は祓うことだ」

彼は鬼龍に向かって言った。「あんただって、こんなことに付き合う義理はないはずだ」

鬼龍がこたえた。

「義理はないが、責任はある」

「何の責任だ？」

「祓った三人に対する責任だ。どうして狐憑きになったのかを明らかにしておかなければならない」

「そんな必要はない。俺たちは、何かが憑依《ひょうい》したやつを祓えばいいんだ」

「短期間に三人も老狐に憑かれたんだ。異常だと思わないのか？」

「狐の都合なんて知ったこっちゃない」

「こんなペースで狐憑きが出るんじゃ、いくら祓ってもきりがない」

「きりがなくても祓うのが俺たちの役目だ」

「だから、根を絶つ必要があると、俺は考えている」

孝景は、急に押し黙り、考え込んだ。

「絶つべき根ってのが、与部星光だってのか？」

「それは、富野さんに尋ねてくれ」

孝景が富野を見た。富野は言った。

「狐憑きになって事件に関わった三人の少年少女は、いずれも与部星光の会社が運営しているネイムというSNSを使っていた」

「ネイムだの、ラインだのってのは、今では誰だって使っているだろう」

「そして、三人はネイムの中の同じ占いアプリに頻繁にアクセスして、オプションページも知っていた。そのオプションページでは、好きな占い師を選ぶことができる。三人は、占い仙人というキャラクターを選んでいた。そして、この占い仙人の口調や声が、狐憑きになったときの声やしゃべり方とほとんど同じだった」

孝景が眉をひそめた。ようやく、まともに話を聞く気になったようだ。

孝景が富野に質問した。

「声やしゃべり方がいっしょだった？」

「そうだ。俺たちが、老狐の声だと思っていたのは、実は占い仙人の声だったわけだ」

孝景が鬼龍を見て言った。

「これは、いったいどういうことなんだ？」

「俺にもわからない。だが、もし狐憑きや悪魔憑きが、俺の考えているとおりの現象だとしたら、なんとか説明がつくかもしれない」

「狐憑きは狐憑きだろう」

「俺は、側頭葉やシルヴィウス溝への何らかの刺激で起きる現象なのではないかと思っている」

「なんだよ、あんた。狐憑きや悪魔憑きが精神障害だっていう医者や科学者みたいなことを言うんだな」

「おまえだって、そういうことを考えたことはあるだろう」

孝景は、一瞬躊躇《ちゅうちょ》したように言葉を呑《の》んだが、やがて言った。

「まあ、俺も、側頭葉の病気とかシルヴィウス溝への電気刺激の話は知っている」

鬼龍は、富野に言った。

「ここからが、さっきの話の続きになります。人間は普段は、筋肉の二十パーセントから三十パーセントしか使っていません。それを制御しているのは脳なのです」

富野はうなずいた。

「その話は聞いたことがあるな……」

「ふん……」

孝景が言った。「人間が筋肉を百パーセント使ったら、筋繊維は断裂し、骨が折れちまうぜ」

「そう」

鬼龍が言う。「そのために、脳が制御しているのです。でも、時にはその制御が外れることがあります。俗に火事場のばか力と言われるやつです。危機に瀕《ひん》したとき、それに対処するために、一時的に制御を外し、普段以上に筋肉を使えるようにするわけです」

富野は言った。

「なんとなく話が見えてきたぞ。スポーツ選手は、筋肉の効率を上げるためにドーピングをやる。もちろん、ちゃんとしたスポーツの試合では、厳しく規制されているがな……」

「そう。いろいろな方法で、人間の能力を高める試みがなされてきました。それは、筋力だけの話ではありません。集中力を高める方法とか、記憶力を高める方法なども、たくさん試みられてきました」

「そういえば……。脳も普段は全体の十パーセントくらいしか使われていないという話を聞いたことがあります」

有沢が言うと、孝景がこたえた。

「あんたの脳は、それくらいしか働いていないかもしれないな。でも、それは単なる俗説だ。人間の脳は、ちゃんと百パーセント使われているよ」

「え、そうなんですか？」

「脳内には、神経細胞の他に、グリア細胞ってのがあるんだ。割合は、神経細胞が十パーセントで、グリア細胞が九十パーセント。……で、昔は、信号伝達を行うのは神経細胞だけで、グリア細胞はそのサポートをするだけだと言われていた。これが、脳は十パーセントしか使われていないという俗説の元になった。でも、今では、グリア細胞もちゃんと信号の伝達をしていることがわかっている。脳は、ちゃんと全部使われているんだ」

「なんだ、そうだったんですか……」

二人の会話を受けて、鬼龍が言った。

「でも、同時にすべての領域が使われているわけではありません。一度に使われる領域は限られているのです。そういう意味では、まだまだ脳を開発する余地はあるということです。例えば、死に瀕したとき、人は走馬灯のように、それまでの人生の映像が浮かぶと、よく言われていますね」

富野は言った。

「そうだな。よく聞く話だ」

「あれは、生命の危機に瀕して、どうやったらその危機を回避できるかを考えるために、過去の経験をすべて呼び出しているんだとも言われています。つまり、緊急時に脳が普段以上の働きをしているということなのです」

孝景がそれを補うように言った。

「さらに、人間の潜在意識には何が潜んでいるかわからない。普段生活しているときの意識なんて、それこそ氷山の一角だ。潜在意識のエリアはべらぼうに広くて深い」

「つまり、こういうことか?」

富野は鬼龍に言った。「与部の目的は、能力開発なのか?」

「一言で言ってしまえば、そういうことになるかもしれません。能力開発というよりは、覚醒《かくせい》を誘発しようとしているのでしょう」

「覚醒……。何の覚醒だ?」

「本来、人間が持つ能力なのではないかと思います」

「そう言えば、与部は、こんなことを言っていた。狐憑きになった三人が、鬼龍に祓われて普通に戻ったと、俺が言ったときのことだ。狐憑きこそが、本来あるべき姿だったのに、また社会的な枠組みに閉じ込められることになってしまった……。そうは考えられないのか、と……」

鬼龍が小さくうなずいて言った。

「その言葉は、人々の覚醒を促そうとしていることの表れかもしれませんね」

「なぜ、与部は人の能力開発や覚醒なんてことを考えたんだろう……」

「それは、本人に訊《き》いてみなければわかりませんね。おそらく興味があったのでしょう。能力開発の方法を思いついてしまった。そうしたら、それを実践してみないではいられなくなった……。まあ、そういうことだと思いますが……」

「能力開発の方法を思いついてしまった……? どういう方法なんだ?」

「それは、すでに与部が自分で言っていますよ。俺が側頭葉やシルヴィウス溝の話をしたとき、同じことを考えている、と言ったのです。つまり、俺のお祓いと、彼の実験が同じ考えに基づいているということだと思います」

「あんたのお祓いと、与部の実験が……？」

「そして、こうも言っていました。彼はたしかに霊界ラジオのような実験をしている。だけど、使うのはラジオじゃなくて、パソコンやネットだ、と……。これはネイムのことじゃないかと、俺は思います」

「それが宿題のこたえというわけか……」

「そう。与部は、ある種の人々の覚醒を促す実験を、ネイムのアプリを通じて行っているのです」

「ある種の人々って、何だ？」

「覚醒しやすい人です。言葉を換えれば、側頭葉やシルヴィウス溝に影響を受けやすい人ですね。潜在的な特殊能力者とも言えます」

「あの三人がそうだったというのか？」

「そういうことだと思います。そして、与部星光も同類です」

「与部も……？」

「そして、富野さん、あなたも」

富野は、うんざりした思いでかぶりを振った。

「だから、俺はそういうんじゃないって……」

「俺や孝景がお祓いをするとき、光が見えるでしょう？」

「あ……」

たしかにまばゆい光が見える。有沢など他の者には見えないようだ。

「光を見るというのは、シルヴィウス溝に電気刺激を与えたときの典型的な現象なんです」

それについて今議論するつもりはなかった。

「ネイムのアプリでどうやって覚醒を促すというんだ」

「詳しいメカニズムはわかりません。でも、与部は、俺のお祓いと同じだと言った。つまり、何らかの方法で、側頭葉やシルヴィウス溝に刺激を与えるのだと思います」

どういうことなのか、富野には想像ができない。

「ともあれ、宿題のこたえは出たようだな」

すると、有沢が言った。

「でも、まだ解けない謎が残っています」

富野は尋ねた。

「解けない謎？」

「どうして、あの三人だけが狐憑きになったのか……。ネイムの占いアプリで占い仙人を選択する人は、とてつもない数だと思います。それなのに、狐憑きになったのは、あの三人だけなんですよ」

富野は言った。

「だから、あの三人は、側頭葉やシルヴィウス溝に刺激を受けやすいタイプだったんだよ」

「それにしても、たった三人だけだなんて……」

「もしかしたら、他にも狐憑きのような状態になった者がいるのかもしれない。あの三人は事件に関わって警察沙汰《ざた》になったので、発覚しただけなのかもしれない」

「だとしても、どうしてみんな十四歳なんですか？」

「偶然かもしれない」

「警察官に、偶然という言葉は禁物なんでしょう」

富野は言葉に詰まった。すかさず、鬼龍が言った。

「他に狐憑きなど奇妙な現象が出ていれば、必ず俺か孝景の耳に入るはずです」

富野は鬼龍に尋ねた。

「お祓い師に依頼や相談があるということか？」

「それだけじゃなくて、俺たち鬼道衆と、孝景の奥州勢には、それなりの情報網があります」

「つまり、狐憑きになったのはあの三人だけと考えていいわけだな？」

「少なくとも、事件を起こすほどの現象は起きていないということですね」

鬼龍は考え込んだ。

「どうしてあの三人だけが狐憑きになったのか……。たしかにその謎は残る……」

有沢が言った。

「やはり、何らかの形で与部とあの三人が連絡を取り合っていたのかもしれませんね」

「あの三人が嘘を言っていたとは思えない。それに、連絡を取っていた痕跡《こんせき》があれば、すぐに調べ出せるだろう」

「三人が、与部と知らずに連絡を取り合っていたとしたら……？」

「ハンドルネームか……」

「そうです」

「そういえば俺が、狐憑きになった三人がすべて十四歳だったのは、なぜだと思うか、と尋ねたとき、与部はずいぶんと不機嫌そうになった。訊かれたくない質問だったからかもしれない」

「与部星光自身が、掲示板などに書き込みをしていた可能性はおおいにあります」

「そう思ったら、すぐに調べてみろ」

「わかりました」

携帯電話の着信音が聞こえた。孝景が出た。彼は、すぐに電話を切ると、鬼龍に言った。

「思ったとおりだ。また憑いたぞ」

鬼龍がうなずいた。

富野は二人に尋ねた。

「何の話だ？」

孝景が言った。

「奥州勢と鬼道衆が、石村、宮本、金沢の三人を監視していた」

「何だって？　何のために……」

「アフターケアだよ」

鬼龍が補足説明した。

「一度祓っても、元凶に触れればまた発症する恐れが充分にありますからね……」

「元凶というのは、ネイムの占いアプリのことか？」

「そういうことだと思います」

孝景が立ち上がった。

「まずは、宮本だ」

鬼龍も席を立つ。

富野が尋ねた。

「祓いに行くのか？」

「ええ、もちろん」

鬼龍がこたえた。「それが仕事ですからね」

21

「待てよ」

鬼龍と孝景が出て行こうとするのを、富野は止めた。

戸口で鬼龍が振り返る。

「何です？」

「宮本はまだ小岩署にいるんじゃないのか？」

「そうです」

「俺たちも行く」

「その必要はありません。警察の仕事ではなく、俺たちの仕事です」

「警察に拘束されている宮本をどうやって祓うつもりだ？」

「何とかしますよ」

「俺たちが行ったほうが手っ取り早い。それに、タクシーを飛ばしてもかなり時間がかかるだろう。警察の車は、便利だ。サイレンを鳴らして赤色灯を回せば、渋滞も赤信号も関係ない」

鬼龍は、にっと笑った。こいつは、ひょっとしたら最初から、俺をあてにしていたのかもしれないと、富野は思った。

「パトカーに乗せてくれるということですか?」

「覆面車を用意しよう」

富野は有沢に言った。「おい、車両の手配だ」

「急に言っても出してくれないかもしれないですよ」

「何とかするんだよ」

「わかりました。駐車場で待ってます」

有沢が、鬼龍の脇をすり抜けるようにして、部屋から出て行った。

富野は、鬼龍と孝景に言った。

「じゃあ、行こうか」

富野は、鬼龍、孝景とともに地下の駐車場に向かった。

有沢が用意したのは、小型のセダンだった。

「小さい車だな……」

富野がつぶやくと、有沢が言った。

「これでもようやく貸してもらえたんですよ」

「わかってる」

有沢がハンドルを握った。富野が助手席、鬼龍と孝景は後部座席だ。

富野は言った。

「赤色灯を出して、サイレンを鳴らすぞ」

孝景が言った。

「いいね。景気よくやってくれ」

やはり緊急車両はたいしたもので、警視庁から小岩署まで二十分かからなかった。

車の中で、鬼龍が携帯電話で誰かと連絡を取り合っていた。現場の状況を聞いているらしい。まるで、警察官のようなことをする、と富野は思っていた。

小岩署の駐車場で覆面パトカーを降りると、すぐに見知らぬ若者が近づいてきた。

鬼龍が富野に言った。

「鬼道衆の仲間です」

若者は、富野に会釈すると、鬼龍に言った。

「宮本は、今朝から様子がおかしくなったようです」

富野が尋ねた。

「どうしてそんなことがわかる。監視カメラでも付けているのか？」

若者の代わりに鬼龍がこたえた。

「宮本を担当している係の方と連絡を取り合っているんです。さっきも言いましたが、アフターケアです」

「驚いたな。警察官が連絡を寄こすというのか……。どうやって話をつけたんだ？　お祓い師のアフターケアとでも言ったのか？」

「警視庁本部に協力しているメンタルヘルスケアの専門家だと言ってあります」

「そんなことを言っても、警察官は必ず裏を取るはずだぞ」

「富野さんのお名前を使わせていただきました」

「うまいこと利用しやがって……」

「とにかく行ってみましょう」

富野は、警察手帳をかざして玄関を通り、少年係に向かった。有沢、鬼龍、孝景の三人は、富野の後に続いた。

係長の南部が驚いた顔で、富野一行を迎えた。

「何事だ……？」

富野が言った。

「宮本が、またおかしくなったんだろう」

「どうしてそれを知っている？」

「メンタルヘルスケアだよ」

「ああ、そういうことか……」

南部は、鬼龍と孝景を見ながら言った。「メンタル何とかの専門家ってのは、その人たちのことなのか？」

「前に言っただろう。彼らが狐憑きを祓うんだ」

南部は、複雑な表情で言った。

「あの様子を見ていると、狐憑きとかいうのが、本当のことのように思える」

「本当のことなんだよ」

南部はかぶりを振りながら言った。

「長いこと生きてくると、いろいろなことを経験するもんだな……」

「さっさと済ませたいんだが……」

「保護室にいる。俺も立ち会うぞ」

「もちろん、かまわない」

保護室に移動すると、不気味な唸《うな》り声が聞こえてきた。鉄格子の向こうで、宮本が唸っているのだ。

ベッドの上にあぐらをかいている宮本は、初めて会ったときよりも、獣じみて見えた。目がぎらぎらと輝き、歯をむき出している。

富野が鬼龍に尋ねた。

「鉄格子越しでも祓えるか？」

「俺は、むしろそのほうがありがたいですが……」

彼は孝景を見た。

孝景が富野に言った。

「俺は、檻《おり》の中に入るぜ」

「檻じゃない。保護室だ」

「いいから鍵《かぎ》を開けてくれ」

南部が解錠した。

宮本が野獣のように反応して、身構えた。まず、鬼龍が九字を切り、数霊の祝詞を上げる。

「ヒ・フ・ミ・ヨ・イ・ム・ナ・ヤ・ココノ・タリ」

宮本の唸り声が大きくなった。苦しげな表情だ。

「やめろ」

宮本が言った。嗄《しわが》れた老人の声。例の占い仙人の声だ。

鬼龍の九字と祝詞は止《や》まない。

宮本が身をよじりはじめる。孝景が保護室の中に入った。

それを見た宮本は、ベッドの上に立ち上がり、孝景を威嚇する。

「ふん、狐ふぜいが……」

孝景はかまわず近づく。

宮本がベッドの上から孝景に飛びかかった。孝景は、右の拳《こぶし》を突き出す。見事なカウンターのタイミングで、宮本の腹に決まる。

同時に、鬼龍が、九字を切っていた右手人差し指と中指を、宮本のほうに突き出した。

その瞬間に、まばゆい光を感じて、富野は両手を顔の前に掲げていた。

どさりと重いものが落ちた音がした。見ると、宮本がベッドに倒れている。

南部がびっくりした顔で言った。

「おい、家裁送致前の少年を保護室で殴り倒したりしたら、大問題だぞ……」

富野は言った。

「あいつのお祓いは、少々荒っぽいんですよ」

鬼龍が鉄格子の手前から、孝景がベッドのすぐ脇で、宮本を見つめている。やがて、宮本がもそもそと体を動かした。

起き上がった彼は、眠りから覚めたような顔をしている。周囲を見回し、怪訝な様子で言った。

「あれ……。何です？　僕、何かやりましたか……」

鬼龍と孝景が顔を見合わせて、うなずき合う。鬼龍が富野に言った。

「終わりました」

「……ということだ」

富野がそう言うと、南部がつぶやいた。

「たまげたな……」

孝景が保護室から出て、南部が再び施錠した。

「俺たちは、間違っていたのでしょうか……」

鬼龍が、まだ呆然《ぼうぜん》としている宮本を見ながら、ぽつりとつぶやいた。富野が尋ねた。

「何を間違っていたと言うんだ？」

「宮本は、与部の実験で、狐憑き状態になったと思っていました。だとしたら、あのアプリにアクセスしなければならないはずです」

「家裁送致前の取り調べ中に、ネットにアクセスできるはずはないな……」

富野は南部を見て尋ねた。「ケータイやスマホは取り上げてあるんだろう？」

「当然だ」

続いて、宮本に尋ねた。

「捕まってから、ネイムにはアクセスしていないな？」

宮本は、目をぱちくりさせてから、おずおずとこたえた。

「あの……。えーと、実はアクセスしました」

「何だって……。どういうことだ？」

「あの……、係の人のスマホを貸してもらったんです。ゲームをやりたいと言うと、ちょっとだけだと言って、貸してくれました」

富野は南部の顔を見た。南部は、しかめ面で言った。

「係の者がスマホを貸しただって……。なんてこった」

鬼龍が宮本に尋ねた。

「ネイムの占いアプリをやったんだね？」

「はい」

「そして、オプションページで、占い仙人を選んだ……」

「そうです」

「おい……」

南部が言った。「もう一度、その話について説明してくれ……」

富野は、ちょっと迷ったのちに事情を説明することにした。南部にも知る権利があるだろう。

「ネイムを開発したやつが、その中の占いアプリを使って何かの実験をやっている疑いがある。それにアクセスした者の中には、彼のように狐憑きのような状態になる者もいる」

「狐憑きの原因が、アプリだって言うのか？」

「少なくとも、今回起きた三件の事例についてはそうだと、俺は考えている」

「狐憑きというのは、心霊現象じゃないのか？」

「話せば長くなるので、かいつまんで言うが、この専門家たちによると、脳のある部分に変調を来すのが原因だろうということだ」

「そういう説明を聞くと、ちょっと安心をするな……」

「そこで、もう少し宮本に話を聞きたいんだがな……」

南部は、もうどうでもいい、という態度で言った。

「好きにしてくれ」

富野は、有沢に言った。

「おまえが質問してみろ」

「え、自分がですか？」

「俺よりネットなんかには詳しいだろう」

「わかりました」

有沢が鉄格子に近づいて、宮本に話しかけた。

「ネイムの占いアプリについて訊きたいんだけど……」

宮本は、不安気にこたえる。

「はい……」

「オプションページで占い仙人を選んだと言ったね？　その先は……？」

富野は、思わず有沢の横顔を見ていた。その先というのは、どういう意味だろう。

宮本がこたえた。

「その先は、特別な人しかたどり着けないんです」

このこたえにも驚いた。有沢が質問を続ける。

「君は、その特別な人だというわけだね？」

「僕の他にも、二人くらいいたはずだけど……」

「特別な人が行ける、『その先』には、何があるんだ？」

「不安を取り除いてくれる世界がありました」

「具体的には……？」

「不思議な音と光の点滅の世界です。その音を聞き、光の点滅を見ていると、本当に何の不安もなくなり、自分が何でもできるという気持ちになります。そこにたどり着いたことがある人たちの一人は、神の声が聞こえたと言ってました」

鬼龍が言った。

「典型的な神秘体験ですね。やはり、側頭葉やシルヴィウス溝が関係しています」

有沢の質問が続いた。

「その特別な人たちは、どうやって選ばれたんだ？」

「ええと……。気づいたんです」

「気づいた？　何に……？」

「占い仙人の目が、時々妙な光り方をすることに……。光がちらちらするというか……」

「自分はまったく気がつかなかった……」

「気づく人は、すごく少ないんです。そのことを語り合うスレッドが、与部星光の掲示板にあるんです」

「君もそこに書き込んだんだね？」

「そうです。すると、マイスターというハンドルネームの人が、『その先』への進み方を教えてくれたんです」

「マイスター……。それが誰か知っているか？」

「知りません。僕らにとっては、ただマイスターです。実際に誰なのかは考えたこともありません」

有沢がちらりと富野のほうを見た。

富野はうなずいた。おそらく、そのマイスターが、与部星光本人だろう。

有沢が宮本に尋ねる。

「どうやって、『その先』に行くんだ？」

「占い仙人が、あるアクションをするときに、画面の一点をタップするんです。一瞬のことなんで、僕もなかなか入れませんでした。でも、慣れるとわりと簡単に入れるようになったんです」

「具体的には……？」

「これ、秘密なんだけどなあ……」

「警察の捜査なんだ。協力してくれよ」

「占い仙人が、右手で空中に十字を切るんです。その十字の交差する一点を、その瞬間にタップするんです」

有沢が富野を見て言った。

「それじゃ普通の人が気づかないのは当然ですね」

富野は、宮本に尋ねた。

「掲示板にマイスターが『その先』への進み方を書いたら、特別な人たちじゃなくても、やり方がわかってしまうな？」

「掲示板にやり方を書くわけじゃありません。こちらが希望すると、特別なチャットの窓が開いて、そこで教えてくれるんです」

「チャットの相手は、マイスターが選ぶんだね？」

「そうです。占い仙人の目の光に気づいた人全員がチャットをやれるわけじゃないようです」

「つまり、君らはマイスターに選ばれたというわけだ」

「そうです」

「何か条件があったのか？」

「別に……。ただ、名前や年齢、職業を訊かれただけです」

「年齢か……」

そのとき南部が言った。

「もうそろそろ終わりにしてくれないか。彼もどうやらまともになったようだし、検察は今日明日にでも、家裁に送致したいと言っている」

富野は鬼龍に尋ねた。

「彼はもうだいじょうぶだな？」

「ええ、『その先』にアクセスしなければ」

富野は宮本に言った。

「いいか。これからは、絶対に『その先』にアクセスしちゃいけない」

「え、どうしてです？」

「警察に捕まった理由を考えればわかるはずだ」

宮本は何も言い返さなかった。


覆面車に戻った富野は、有沢に言った。

「おそらく、マイスターから選ばれたあとの二人というのは、石村と金沢未咲だな？」

「間違いないと思います」

「石村と連絡を取ってみてくれ。絶対に、『その先』にアクセスするな、と伝えるんだ。俺は、金沢未咲に電話してみる」

「はい」

二人は携帯電話でそれぞれの相手にかけた。金沢未咲は、呼び出し音八回目で出た。

「はい……」

「警視庁の富野だ」

「ああ……。どうしたの？」

「ネイムの占いアプリのことだが……。占い仙人を選んで、まだその先があるらしいな」

「すっごい。どうして知ってるの？」

本気で驚いている様子だ。

「警察は、いろいろ知ってるんだ。いいか、絶対に『その先』には行くな」

「どうして？」

「それが狐憑きの原因だからだ」

「なにそれ」

「とにかくそうなんだ。『その先』に行ったら、また狐憑きになっちまうぞ」

「でも……」

「なんか、『その先』に行くと、悩みが忘れられたりするらしいな？」

「そう。なんか、すっごく気分が晴れるの」

「そういうのって、麻薬や覚醒剤と同じで、危険なものなんだ。とにかく、もう『その先』には行くな。わかったな？」

「わかった。でも……」

「でも、何だ？」

「さっき、アクセスしちゃったよ」

「ちょっと待て」

富野は、携帯電話を離して、鬼龍に尋ねた。「もう『その先』にアクセスしたと言うんだが、これからおかしくなることはあるか？」

「今は、普通なんですね？」

「普通だ」

「ならば、だいじょうぶでしょう。アクセスしていた時間や頻度によって、側頭葉やシルヴィウス溝への影響度が変わってくるのだと思います」

富野は、再び携帯電話を耳に当て、言った。

「だいじょうぶだそうだ。だから、今後は一切アクセスするな」

「わかった」

「じゃあな」

富野は電話を切って、有沢に尋ねた。

「そっちはどうだ？」

有沢は携帯を耳に当てたままこたえた。

「電話に出ません」

富野は、舌を鳴らした。鬼龍に尋ねる。

「そっちのアフターケアで、何か連絡は入っていないのか？」

「いえ、俺のところにも、孝景のところにも、まだ……。行ってみたほうがいいと思います」

富野は有沢に言った。

「石村の自宅だ。急げ」

有沢は携帯をしまうと、車を発進させた。

22

世田谷区成城にある石村の自宅まで、四十分ほどかかった。富野がインターホンのボタンを押す。母親らしい中年女性の声が聞こえてきた。

「はい……」

「警視庁の富野といいます。健治君にお話があるのですが……」

「あの……」

戸惑ったような声音《こわね》だ。「ちょっとお待ちください」

しばらくして、玄関ドアが開いて、中年女性が顔を出した。

「健治君のお母さんですか？　健治君は……？」

「姿が見えないんです。病院から戻って、自宅療養していたのですが……」

「姿が見えない？　いつからですか？」

「気がついたのは、今日の午後二時頃のことなんですが……」

「何も言わずに出かけたのですね？」

「はあ……」

「わかりました。周囲を探してみましょう。自宅で連絡を待ってください」

「わかりました」

富野は、玄関を離れると、鬼龍に言った。

「狐憑《つ》きになっていると思うか？」

「そう考えるべきでしょうね」

そのとき、見知らぬ男が近づいてきた。若い男だ。彼は孝景に言った。

「監視していたんですが、逃げられました」

どうやら、今度は孝景の仲間らしい。孝景が言う。

「何やってんだ。奥州勢の名が泣くぞ。それで、憑依《ひょうい》してたのか？」

「間違いありません」

「どっちに行った？」

「あちらの方向です」

その若者が指さした方向を見て、有沢が言った。

「石村が運ばれた病院があるところですね」

それを聞いて、富野はぴんときた。

「近くにお稲荷《いなり》さんの祠《ほこら》があったたな」

孝景が言う。

「冴《さ》えてるじゃねえか。そこだ」

富野たちは車で、その祠に向かった。

公園の前で車を駐《と》めて、祠まで走った。

歩道にほっそりとした人影があった。石村だった。

富野は呼びかけた。

「石村だな」

振り向いたその顔は、明らかに普通ではなかった。目が異様に光り、歯をむいている。

孝景が言った。

「おい、鬼龍。大切な狼の牙《きば》を使うのはごめんだぜ」

「ここなら祓《はら》える。祠の裏に行かせるな」

「任せろ」

孝景が飛び出して行き、祠と石村の間に立った。石村が身構える。

鬼龍が九字を切り、祝詞《のりと》を唱えはじめる。

そのとたん、石村が孝景に飛びかかった。驚くほどの跳躍力だ。孝景は、不意をつかれ地面に倒れた。石村が馬乗りになっている。

鬼龍は、九字を切り祝詞を唱えながら近づいて行く。

「くそっ」

孝景の声が聞こえる。「富野。ぼうっとしてねえで手を貸したらどうだ。トミ氏の末《まっ》裔《えい》だろう」

そんなことを言われても、何をしていいのかわからない。だが、たしかに黙って見ているわけにはいかない。術科はしっかり訓練しているのだ。

富野は、孝景に馬乗りになっている石村を制圧しようとつかみかかった。とたんに、すさまじい衝撃を感じた。

気がついたら、地面にひっくり返っていた。ただ、片手で払われただけだ。おそろしい力だった。能力が覚醒《かくせい》し、抑制が解かれた筋力なのだ。

富野は、立ち上がり、再び石村を捕まえようとした。今度は慎重に真後ろから近づいた。羽交い締めにして、渾身《こんしん》の力で孝景から引き離そうとした。

そのとき、鬼龍の唱える祝詞が頭に響いてきた。耳で聞こえるというより、直接頭に響くような感じだった。

いつしか、富野も、同様に数霊を唱えていた。

「ヒ・フ・ミ・ヨ・イ……」

それまで、梃子《てこ》でも動きそうになかった石村の体から、少しだけ力が抜けたような気がした。

「ム・ナ・ヤ・ココノ・タリ……」

石村は、明らかにうろたえていた。富野は、石村を羽交い締めにしたまま、孝景から引き離すことができた。

孝景が言う。

「やるじゃねえか。そのまま押さえていろ」

鬼龍の祝詞が、ますます大きく頭の中で響きはじめる。

孝景が身構える。滑るような動作で、富野が押さえている石村の腹に、強烈な正拳《せいけん》突きを見舞う。

その瞬間に、何かが爆発したような光を感じた。富野の意識も、一瞬吹き飛んでいた。立ったまま意識を失うボクサーのようなものだろうか。倒れそうになり、はっと我に返った。

鬼龍と孝景が正面に立っていた。二人は富野の足元を見ている。富野も目を落とした。すぐ目の前に石村が倒れていた。

富野は、二人に尋ねた。

「終わったのか？」

鬼龍がこたえた。

「終わりました。富野さんが手伝ってくれたおかげで……。二人ではうまくいかなかったかもしれません」

孝景が言った。

「なんだかんだ言って、やるときゃやるじゃねえか」

富野は、何を言われているのかわからなかった。

「俺は、ただ石村を取り押さえようとしただけだ」

孝景が鬼龍に言った。

「この人は、とぼけているのか？」

「いや、本当に自覚がないようだな」

「なんだよ、それ……」

「まあ、それはそれでいいじゃないか」

俺が何をしたというのだろう。それを二人に尋ねようとしていると、石村がむくりと上体を起こした。

まず、周囲を見回し、それから、鬼龍、孝景、そして富野の顔を順に見て、言った。

「ええと……。ここはどこです？」

富野は、取りあえず鬼龍と孝景をどういうふうに手助けしたのかは置いておくことにした。

考えなければならないことはたくさんある。

石村を自宅に送り届けた後に、四人で本部庁舎に戻った。さきほどの会議室がまだ空いていたので、そこに戻ることにした。

それぞれ、元の席に座ると、富野は言った。

「どうやらネイムの占いアプリが、狐憑きを誘発していることは間違いなさそうだな」

有沢が感心したように言った。

「やっぱり『その先』があったんですね」

「占い仙人の目がちかちか光るんだって言ってたな……」

「そうでしたね」

有沢がスマホを取り出した。ネイムの占いアプリにアクセスしているのだろう。しばらくして彼は言った。

「ほら、目がちかちか光ったりなんてしていませんよ」

有沢がスマホを富野に差し出した。富野は占い仙人をじっと見つめた。すると、その目に、かすかにだが光の点滅が見て取れた。

富野は、鬼龍に言った。

「あんたも見てくれ」

鬼龍は、スマホの画面を覗《のぞ》き込み、それから孝景にも見せた。

スマホが有沢の元に戻ると、鬼龍が富野に言った。

「見えたんですね？」

「ああ。あんたたちにも見えるんだな？」

鬼龍はうなずいた。孝景が言った。

「特別な人にしか見えないってのは、本当のようだな」

富野は、石村を取り押さえたときのことを思い出し、複雑な気分だった。

有沢が言う。

「え、ちょっと待ってください。自分だけですか？　見えないのは……」

鬼龍が有沢に言った。

「これが、特別な人を見つけ出す装置だったんですね」

「特別な人……？　つまり、側頭葉やシルヴィウス溝に影響を受けやすい人、ですか？」

「そういうことですね」

「なるほど」

有沢がうなずく。「占い仙人の目の点滅に気づいた人のためのスレッドがあると、宮本が言っていましたね。そこで、特別な人を知ることができる……」

孝景が言う。

「スレッドだろう？　気づいたふりをして書き込むやつだっているだろう」

有沢がこたえる。

「それを、マイスターが選別するんだと思います。そして、見込みがあると思える人には、専用チャットのウインドウで話しかけるというわけです」

富野は、有沢に言った。

「そのマイスターというのが、与部星光本人であることは間違いないな」

「間違いないでしょう」

「それを確かめることはできるか？」

「いや、無理でしょうね。本人に訊《き》くしかないでしょう」

「まあ、それはそれでいい。つまり、こういうことだ。ネイムの占いアプリで、占い仙人を選んだやつの中から、側頭葉やシルヴィウス溝に影響を受けやすい人たちを選び出す。その中で、特に見込みがありそうなやつに、与部は特別なチャットで『その先』への行き方を教える、と……」

「そうですね」

「『その先』に行くと、悩みも忘れられるし、不安もなくなるし、気分が晴れると、宮本や金沢が言っていた。いったい、どんな世界なんだ？」

その富野の問いに、鬼龍がこたえた。

「与部星光は、研究を重ね、側頭葉やシルヴィウス溝に特に影響を与える刺激を見つけたのでしょう」

「特に影響を与える刺激？」

「はい。ずいぶん前ですが、アニメ番組の激しい光の点滅で、視聴者が光過敏性発作を起こして問題になったのを覚えてますか？」

「ああ、なんとなく覚えている」

「あれも似たような現象だったと、俺は思っています。与部星光もきっとそのことに注目していたに違いありません。そして、俺は、特に声を使います」

「声……？」

「声による波動で、側頭葉やシルヴィウス溝に働きかけるのです」

「それで祝詞を上げるのか？」

「あらゆる宗教には、独特の発声法と音楽があります。キリスト教は賛美歌、仏教では声明《しょうみょう》、神道では祝詞です。それは、もともとは側頭葉に働きかけて、幸福感を得るための技法だったのです。だから、キリスト教では倍音が豊富に出るような石造りの教会で音楽を奏でたのです」

「つまり、『その先』では、そういう音や光が駆使されているというわけか？」

「間違いないですね。宮本君が言った体験は、シルヴィウス溝に電気刺激を与えた実験のときとよく似ています。その実験では、天使や神の声を聞いたという神秘体験が報告されています」

「なるほど、与部が、あんたのお祓いと自分の考えていることが、同じだ、と言ったのは、そういうことだったのか」

　孝景が言った。

「俺のお祓いは、そんなに単純じゃねえけどな」

　鬼龍が言った。

「俺の場合だって、ただ声を使うだけじゃありません。側頭葉やシルヴィウス溝に働きかける方法は他にもいろいろとありますからね……」

「これ以上は、企業秘密なんだろう？」

富野が尋ねると、鬼龍がうなずいた。

「そう。企業秘密です」

有沢が言った。

「でも、どうして与部は十四歳の三人を選んだのでしょう」

富野は言った。

「そのこたえも、与部自身がしゃべっていたと思う」

「与部が……？」

「そう。彼は、中二病のことに触れていた。そして、中二病が狐憑きの原因の一つかもしれないということを示唆したんだ」

「たしかに……」

鬼龍が言った。「そのくらいの年齢は、自我が芽生えはじめ、精神状態が不安定になります。人を覚醒させようとしたら、最も適している年齢かもしれません」

孝景が言った。

「十で神童、十五で才子、二十《はたち》過ぎればただの人、なんて言葉もあるしな」

富野は、皆の顔を見回して言った。

「どうやら、与部の宿題のこたえが完璧《かんぺき》に出たようだな」

鬼龍がうなずく。

「そうですね。狐憑きが頻発した原因は、間違いなく与部の実験です。実験の目的は、人間の潜在的な能力を覚醒させることでしょう」

「そして……」

富野は言った。「その実験に使ったのは、自らが開発したネイムの占いアプリだ。その中の占い仙人の目に細工をして、側頭葉やシルヴィウス溝に刺激を受けやすい人を選別した……」

有沢がそれに続けて言う。

「そして、占い仙人の目に光の点滅を見た人たちを掲示板に集め、そこからまた選別して、チャットで、『その先』に案内する。そこが実験の場だったんですね」

富野が言った。

「このこたえを、与部に突きつけてやろう」

有沢が、おずおずと言った。

「ええと……。それで結局、どうなるんでしょう？」

「ああ……？」

「与部の実験が明らかになったとしても、罪には問えないですよね」

「それはそうだが、放っておくわけにはいかない。また少年少女が犠牲になるかもしれないんだ」

「でも、アニメの光過敏性発作と同じで、自主規制を促すくらいしかできませんよ」

「そりゃ、そうだが……」

「つまり、警察の仕事じゃないってことです。ですから、何も強制することはできませせん」

たしかに有沢が言うとおりだ。

「だからといって、放っておくわけにはいかない。きっちり自主規制してもらおうじゃないか」

「でも、どうやって……」

それが問題だ。

富野が考え込むと、孝景が言った。

「警察の仕事じゃないかもしれないが、あんた個人の仕事なんじゃねえの？」

富野は尋ねた。

「どういうことだ？」

「トミ氏の末裔だろう？　俺たちと同様で、狐憑きだの悪霊憑きだのを、始末する責任があるはずだ」

ちょっとうんざりした気分になって、富野は言った。

「先祖が何だったかは知らん。だが、俺には関係ない」

孝景が、白けたような表情で鬼龍を見た。

　鬼龍が言った。

「でも、あなたはこうして、狐憑きが絡む事件に関わっています。それが偶然だと思いますか？」

　偶然だ。そう言いたかった。だが、そう言い切れない気がしているのも事実だった。

　孝景がさらに言った。

「そして、あんたはさっき、間違いなく能力を発揮したんだ」

「俺は……」

　富野は、うろたえていた。「俺は、自分で何をやったのか、まったく覚えていない」

　孝景がにやりと笑って言った。

「どうやら、この件で本当に覚醒したのは、三人のガキどもじゃなくて、あんただったようだな」

「後輩の前で妙なことを言わないでくれ。俺は、覚醒なんて自覚していないし、この先も今までと同じだ」

「それはそれでけっこうです」

　鬼龍が言った。「警察官としての立場では、与部に実験を止めさせることはできません。でも、俺たちと同じ立場ならできるかもしれませんよ」

　富野は、その鬼龍の言葉についてしばらく考えていた。

「具体的には、どうするつもりだ？」

「話し合いですね。いかに与部の実験が危険かを説明します」

「それでだめだったら？」

「祓います」

「祓う？　与部をか？」

「そうです。言ったでしょう。彼もおそらく側頭葉やシルヴィウス溝が敏感なタイプなのでしょう。そのために、数々のインスピレーションを得たに違いありません。もともと、インスピレーションというのは、神の息吹を感じるということで、神秘体験のことを言うのです」

「つまり、彼は何か憑き物を持っているということか？」

「俗な言い方をすれば、そういうことになるかもしれません。神秘体験も狐憑きも、もともとは側頭葉やシルヴィウス溝への刺激が原因です。与部は、それを奇抜な発想に結びつけているのでしょう」

「祓うとどうなる？」

「普通の人になるでしょうね」

「そいつは、与部にとっては何より恐ろしいことかもしれない」

富野が言うと、鬼龍はうなずいた。

「そうでしょうね」

「よし、明日は、宿題のこたえを持って与部に会いに行くとしよう」

有沢が言った。

「自分も行っていいですよね？」

「当然だ。俺は警察の仕事で行くんだ」

「お祓い師の仲間として行くんじゃないのですか？」

「ばか。犯罪防止の見地から与部に注意を促しに行くんだ。鬼龍と孝景にはその協力をお願いするだけだ」

「協力ね」

孝景が言った。「まあ、せいぜい利用してくれよ」

23

富野は翌日の、与部との面会の約束を取り付け、鬼龍と孝景に連絡することにした。

二人は、それを了承して、会議室を出て行った。

彼らがいなくなると、有沢が言った。

「今まで、何も言ってくれませんでしたね」

富野は聞き返した。

「何のことだ？」

「富野さんも、あの二人と同じような能力があるんでしょう？」

富野は顔をしかめた。

「あいつらが勝手なことを言ってるだけだ。気にするな」

「でも、石村を祓ったとき、富野さんも、鬼龍さんと同じように呪文《じゅもん》を唱えていたじゃないですか」

「呪文じゃない。鬼龍が唱えるのは祝詞だ。ちょっと待て、俺が祝詞を唱えていただって？」

「そうですよ。鬼龍さんと声を合わせて……」

そうだったろうか……。よく覚えていなかった。

「たぶん、鬼龍の真似をしただけだ。単純な数霊だったしな……」

「でも、間違いなく、富野さんがその祝詞を唱えながら石村を羽交い締めにしたら、石村は弱ったように見えました」

「たぶん、そう見えただけだろう。俺は、これまで自分の能力なんて自覚したことはない」

「孝景さんが、トミ氏の末裔だろうって言ってました。あれ、どういう意味なんですか？」

「ああ……。たしかに俺の先祖は富という姓だったらしい。そして、トミ氏は、大国主の血を引く一族だって話だ」

「大国主って、あの出雲の大国主命《のみこと》ですか？」

「そうらしい。だがな、俺は両親や親戚《しんせき》からそういう話を聞いたことはない。俺は、普通に学校に通い、普通に警察官になって、これまで働いてきたんだ」

「でも、鬼龍さんや孝景さんと知り合いってだけで、普通じゃないと思いますね」

「まあ、そう見えるかもしれないが、俺はあいつらとは違う」

「でも、富野さんて、妙に勘が働くことがありますよね」

「それは、警察官としての経験がものを言ってるんだ」

「いや、そういうんじゃなくて……。なんというか、独特の嗅覚《きゅうかく》というか……。今回の事件だって、たぶん富野さんが担当じゃないと、少年の傷害事件や略取・誘拐事件で終わってますよ」

「どうかな……」

本当にわからなかった。富野は、ただ捜査をしていただけだ。それに鬼龍や孝景が絡んできただけだと考えていた。

だが、有沢から見れば、たしかに奇妙な事件に違いない。

「それが、与部星光のアプリに行き着くなんて、自分は考えてもいませんでした」

「それは俺だって同じだ。こんなことになるとは思ってもいなかったさ」

「でも、富野さんは真相にたどり着きました」

「まだ、真相かどうかはわからないさ。与部の宿題は解いた。だけど、それが正解かどうかはわからない」

「いや、正解ですよ。それ以外に考えられませんからね」

「とにかく、明日与部にぶつけてみるさ」

「富野さんには、見えたんですよね？」

「何が？」

「占い仙人の眼の点滅です」

　どうこたえようか、しばらく考えなければならなかった。

「見えた」

「鬼龍さんや孝景さんにも見えたんですよね？」

「そうだ」

「やっぱりなあ……」

「何だよ。何がやっぱりなんだ？」

「孝景さんが言ってましたよね。この件で本当に覚醒したのは、三人の少年少女じゃなくて、富野さんだったようだ、って……」

「そんなことを言ってたっけな……。だが、それは孝景が言ったことで、俺が思っていることじゃない」

「自分が心配なのは……」

　そこまで言って、有沢は言葉を切って考えていた。言葉を選んでいるのだろう。やがて、彼は言った。「富野さんが、どこへ行こうとしているか、なんです」

「どこへ行こうとしてるか？　どういうことだ？　俺はどこへも行かないぞ」

「つまりですね、これから先、富野さんは、鬼龍さんや孝景さんのような、お祓い師になってしまうんじゃないかって……」

　富野は笑った。

「ばか言うな。俺は、これからもずっと警察官でいるつもりだ」

「でも、サイドビジネスで、お祓いなんかをやることになるかもしれません。そういうのって、能力を持っている人の責任だと、孝景さんが言ってませんでしたっけ」

富野は、一つ深呼吸をした。

「これは、はっきり言っておく。俺は、これまでの人生を今さら変える気はない。これからも、警察官として生きていく」

「能力が覚醒してもですか？」

「関係ない。俺が鬼龍や孝景のような生き方をすることはあり得ない」

有沢が、ほっとした顔で言った。

「それを聞いて、安心しました」

「ちょっと待て、どうしておまえが、俺の生き方のことなんかを心配するんだ？」

「自分は富野さんのことを尊敬してますんで、放り出されたらどうしようと思っていたんです」

この言葉に富野は驚いた。まさか、有沢がそんなことを考えているなんて、夢にも思っていなかった。

「ばかか、おまえは。警察官には異動が付きものなんだ。いつ俺から離れていくかわからないんだぞ」

「異動するのと、富野さんがいなくなって、放り出されるのは別ですよ」

「同じだと思うぞ」

「違いますよ」

「とにかく俺は、これからも変わらない」

「わかりました」

「つまり、これからも容赦なくおまえを鍛えるということだ。覚悟しておくんだな」

「はい。覚悟はできてます」

どの程度の覚悟か怪しいもんだと、富野は思ったが、尊敬されていると言われて悪い気はしない。

有沢に言ったとおり、能力があろうがなかろうが、これから先の生き方が変わるわけじゃない。自分の人生は、血筋とか能力の有り無しで決められたくはない。

人生は自分自身で作っていくものだ。今まで、そう考えて生きてきた。これからもそれに変わらない。富野はあらためてそう思った。


与部との面会の約束はすぐに取れた。おそらく、与部自身が最優先にしてくれたのだろう。それだけ、富野たちに出した宿題のこたえを楽しみにしているということだろう。

面会は、午後二時の予定だ。サイバーパンサーの受付で、鬼龍や孝景と待ち合わせをした。

富野自身は、有沢が運転する車で出かけた。五分前に受付に到着した。鬼龍と孝景は、二時ちょうどにやってきた。

受付で名乗ると、すぐに秘書課長の林がやってきて、富野たちを社長室に連れて行った。

「やあ、待ってたよ」

与部星光が、ソファに深々と腰かけたまま言った。「あれ、初めての人がいるね」

富野は紹介した。

「安倍孝景。鬼龍の同業者です」

「へえ、お祓い師なんだ」

「俺たち奥州勢は、鬼龍たち鬼道衆みたいに手ぬるくないぜ」

「へえ、彼もおもしろそうな人じゃない」

「本人が言うように、けっこう荒っぽいですよ」

「それで、今日はどんな話をしてくれるの？」

「宿題のこたえを持って来ました」

富野が言うと、与部はうれしそうに言った。

「へえ、たった一日でこたえを出したってこと？　信じられないな」

「昨日、お目にかかったときに、たくさんヒントをいただきましたからね」

「鬼龍さんとの話がおもしろくて、つい話しすぎたかもしれないね」

「その鬼龍や孝景が、いっしょに考えてくれました」

「それで、どんなこたえなの？」

与部はソファに座り、富野たち四人は立ったままだ。与部は、そういうことはまったく気にしないらしい。富野も気にしないことにした。座って話し込む必要はない。

富野はこたえた。

「あなたの実験がどんなものかわかりました」

「ずばりこたえてよ」

「人を覚醒させるための実験でしょう」

与部は笑みを浮かべる。

「どうしてそう思ったの？」

「あなたは、狐憑きになった少年少女について、こう言われたことがあります。その子たちは、本来あるべき姿だったのに、また社会的な枠組みに閉じ込められることになってしまった……。そうは考えられないか、と……」

「そんなこと、言ったっけ？」

「おっしゃいました。それがヒントになりました」

「狐憑きが人間の覚醒とどう関係があるの？」

その質問にこたえたのは鬼龍だった。

「狐憑きの状態は、通常では考えられないような現象が起きます。女性が老人のような声になったり、驚くほどの怪力を発揮したり……」

「それは、もう聞いたよ」

「つまりそれは、抑制を解かれた状態なのです」

「抑制……」

「過剰な筋力を発揮すると、自分で自分の体を破壊してしまいます。それで、普段は筋力にリミッターがかかっています。それを制御しているのが脳なのです」

「そんなことは、誰でも知っている」

「女性が老人のような声を出すのも、普段は抑制されている声帯の働きが、解放された結果だと考えることもできます。それらは、一例に過ぎず、つまり、あなたは人間の潜在能力を解放する実験をしているのだと思います」

「それじゃ、まだこたえになっていないね。じゃあさ、僕はどうやって潜在能力を解放しようとしていると、あなたは考えているわけ？」

「側頭葉とシルヴィウス溝です」

「その話も、もうしたよね」

「重要なことだから、確認の意味でも、もう一度話をさせてもらいます。側頭葉とシルヴィウス溝は、神秘体験や心霊現象に深く関わっています」

「そう。だから、あなたのお祓いも、側頭葉やシルヴィウス溝に対して働きかけるんだよね」

「はい。そして、あなたは、俺のお祓いが、ご自分の考えていることと同じだとおっしやったのです」

「うっかり口を滑らせてしまったな」

「つまり、あなたも側頭葉やシルヴィウス溝に働きかけることで、脳のリミッターを外し、潜在能力を解放させることができる、とお考えになったということですね」

「なかなかいい線いってるよ。でもね、宿題のこたえとしては、まだまだだな。僕がどういう実験をやっているのか、具体的に指摘してくれなきゃ」

「それは、有沢さんに説明してもらいましょう」

「ええと……。有沢さんって誰だっけ？」

「そこの若い警察官です」

与部は有沢を見た。それだけで、有沢が緊張するのがわかった。

「説明してよ」

有沢が、咳《せき》払いをしてから言った。

「ええと……。与部さんは、ネイムを使って実験をされているんです」

「どういうふうに？」

「占いアプリです。占いアプリにはオプションページがあり、そこで占い師を選ぶことができますよね。その中で、占い仙人にある仕掛けがされていました」

「どんな仕掛け？」

「占い仙人の眼に、特別な人だけに見える光の点滅を仕掛けたのです。特別な人というのは、側頭葉やシルヴィウス溝に刺激を受けやすい人のことです」

富野が補足した。

「アニメで問題になった光過敏性発作で、あなたがその特別な光の点滅を思いついたんじゃないかと思ってるんですが……」

与部は何も言わない。ただ、楽しげに眼を輝かせていた。

有沢が説明を続けた。

「オプションページには、ほとんどの人が知らない『その先』があったんです。あるアクションをすることで、『その先』に進めるんですが、その方法は、掲示板に書き込んだ人の中から、あなた自身が選んで、直接チャットで教えたのでしょう」

与部が楽しそうに尋ねる。

「そのアクションというのは？」

「占い仙人が右手で空中に十字を描きます。その十字が交差する点を素早くタップするんです」

与部が目を丸くした。

「驚いたな。それはごく限られた人しか知らない秘密なんだけどな……」

富野が言った。

「その限られた人たちと、俺たちは関わることになったわけです」

与部が富野に言う。

「つまり、狐憑きになった人たちだね？」

富野はこたえた。

「そうです。そして、あなたがその三人を選んだ理由は、年齢でしょう。自我が目覚めはじめるきわめて不安定な年齢。そう、あなたは中二病に着目されたわけです」

「いいね。なかなか具体的になってきた」

「あなたは、俺に嘘を言いましたね？」

「嘘……？」

「石村健治、宮本和樹、金沢未咲。この三人の名前をあなたは知らないとおっしゃった。でも、彼らは氏名や年齢をマイスターと名乗る人に教えていた。つまり、あなたに教えていたんです。掲示板の中のマイスターは、あなたですよね？」

その問いかけに対して、与部は否定しなかった。

「本名なんて、教えられても覚えてなんかいなかったさ。そんなの覚えている必要はないからね」

富野はかぶりを振った。

「そんなはずはありません。だって、本名を覚えていなければ、彼らに何が起きたかを検証することができないじゃないですか」

与部がさっと肩をすくめた。

「まあ、その点については認めるよ。たしかに、僕はその三人の名前と年齢を知っていた。しかし、驚いたなあ。たった一日で、そこまでのこたえを出すなんて……」

「じゃあ、俺たちのこたえは正解だということですね」

与部は、両手を広げて見せた。

「そこまでは正解だよ。でも、肝腎《かんじん》のところがまだだ。僕は、どうやって側頭葉やシルヴィウス溝に刺激を与えたんだろうね？」

鬼龍がこたえた。

「光と音です。オプションページの『その先』は、独特の光と音の世界だそうですね。その光と音が、側頭葉やシルヴィウス溝に働きかけるんです」

与部が鬼龍に言う。

「あなたたちが、声を使って働きかけるように？」

「厳密に言うと声ではありません。波動です」

鬼龍に続いて、孝景が言った。

「俺は声なんか使わない。どしんと、波動を送ってやるんだよ」

「どしんと……？」

「そう、拳《こぶし》でな」

鬼龍がさらに言う。

「『その先』を覗いた三人は皆、悩みを忘れると言っていました。恍惚《こうこつ》感を得ることができるんですね。それを何度も味わっているうちに、ついに側頭葉とシルヴィウス溝に変調を来し、いわゆる狐憑き状態になってしまった、というわけです」

「実はね」

与部が言った。「そこがよくわからないんだ。神秘体験をするのはわかる。だけど、三人とも狐憑きになってしまったのはどうしてだろう。僕には、それが謎なんだ」

鬼龍が言った。

「彼らには、本当に狐が憑いたわけではありません。まあ、昔から狐が憑いたなんて言われるんですが、実際に狐の霊が憑くわけじゃないと思います」

「え、本当に狐が憑いたわけじゃないって、どういうこと？」

「あの三人に憑いたのは、占い仙人です。『その先』で何度も恍惚感を得るうちに、そのきっかけとなる占い仙人が彼らの潜在意識にしっかりと刻まれたのです。そして、ある種の発作を起こしたときに、無意識にそれを真似たのです」

「なるほどな……」

富野は言った。「それで、あの三人の声やしゃべり方が、占い仙人そっくりだったんだ」

与部がうなずいた。

「そういうことだったのか。それは納得できるよ」

鬼龍が与部に言う。

「以上が我々の出したこたえです。何点くらいいただけますか？」

与部は肩をすくめて言った。

「ほぼ満点だね。ほめてあげるよ」

富野は与部を見据えて言った。

「大切なのは、ここから先なんです」

与部が怪訝《けげん》な顔をした。

「ここから先って、何のこと？」

「この実験は危険なので、やめてもらわなければなりません。俺たちは、今日、それを言いに来たのです」

24

「実験をやめるだって？　あなたにそんなことを言う権利はないと思うけど……」

与部は、余裕の表情で言った。富野はこたえた。

「権利がどうこうという問題じゃないですが、まあ、あえて言えば防犯の見地からの指導ということになりますか」

「防犯の見地からの指導？　どういうこと？」

「実際に、ネイムのアプリが原因で、傷害事件が二件、略取・誘拐が一件起きているんです。そういう場合、警察はその元凶を取り締まることができます。危険ドラッグのようなものですね」

「ネイムのアプリが、危険ドラッグと同じだって言うの？」

与部が笑った。「そんなこと言っても、誰も耳を貸さないよ」

「誰も信じないとしても、事実は事実です。あなたはそれを認めました」

「でも、取り締まるには法律が必要でしょう？　たしかに危険ドラッグを取り締まる法律はある。でも、ネイムのアプリを取り締まる法律はないでしょう？　光過敏性発作のときだって、強制的に取り締まることができないので、自主規制に任せたわけでしょう」

「だから、こうしてネイムの開発者に会って話をしているんです」

「僕に自主規制をしろと言っているわけ？　そんな必要、僕は感じないね」

「もちろん、ネイムの占いアプリをやめてくれと言っているわけじゃありません。『その先』の部分が危険性を孕《はら》んでいるので、そこをやめてくれと言っているのです」

「その部分こそが、僕の実験なんだよ」

「もう結果は出ました。あなたが『その先』に誘導した三人は、恍惚感を得て、その結果、狐憑きのような状態になったのです」

「アプリと狐憑きの因果関係は証明されていないよ」

「証明する必要はないんです。あなたが認めたことで、俺には充分なんです」

「つまりそれは、僕に自主規制をお願いしているってことだよね？」

「まあ、そういうことになりますね」

「それは承っておきますよ。でも、それを受け容《い》れるかどうかは僕の自由だよね。だって、あなたは強制することができないんだから」

「強制はできません。でも、厳しく要求することはできます」

「どういうふうに？」

「社会的な制裁を用意するとか……」

「社会的な制裁？」

「あなたは、ネットの世界で仕事をされている。ならば、ネットの恐ろしさも充分にご存じだと思います」

　与部がにやりと笑った。

「ネットに、ネイムアプリでの実験のことを流すとでも言いたいの？」

「それも手だと思います。大手のマスコミが相手にしなくても、ネットの世界には噂が広がることになります。あなたは大きなダメージを受けることになるかもしれない」

　与部が笑いだした。

「ネットの世界で僕を相手にして勝てると思うの？」

「どうでしょう。やってみないとわかりませんよ」

「僕を脅すわけ？」

「脅しじゃありません。あなたを説得しているつもりですがね……」

「まあ、そんなのは脅しにもならないけどね」

「どうしても実験をやめていただけませんか？」

「その必要がないと、僕が思っている限り、実験はやめないだろうね」

「では、最後の手を使うしかないですね」

与部は笑いを浮かべたまま言う。

「最後の手？　まだあなたに、手があるというの？」

「俺にはもう手はありません。でも、この二人になら……」

富野が言うと、与部は鬼龍と孝景を見た。

「その二人に何ができるって言うの？」

「一度、実際に祓うところを見たいとおっしゃっていましたね。それをやってごらんにいれようと思います」

与部の眼にたちまち好奇の光が宿った。

「実際にやるところを見せてくれるの？」

「はい」

「……で、誰を祓うわけ？」

「あなたです」

与部の顔から笑いが消えた。

「僕……？　僕は別に狐憑きじゃないよ」

「狐憑きについてはもうよくご存じのはずです。つまり、側頭葉とかシルヴィウス溝とかに何らかの影響を受けた状態です。そして、もともとそういう影響を受けやすい人がいる。そういう人が、占い仙人の眼光の点滅を見ることができるわけでしょう」

「それがどうしたの？」

「眼の光の点滅をプログラムできたということは、あなたもその光を見ることができるということですね？」

「もちろん見えるよ」

「それは、あなたも側頭葉やシルヴィウス溝に影響を受けやすい体質だということです。現時点で、普通の人とは違う状態にあるのかもしれない。だからこそ、あなたはさまざまなインスピレーションを得ることができるわけです。それは、言ってみれば狐憑きと似たような状態なわけです」

与部の表情がみるみる険しくなっていった。

「祓うということは、それを取り除くということ？」

その質問にこたえたのは鬼龍だった。

「狐憑きや神秘体験は、側頭葉やシルヴィウス溝が何らかの刺激を受けて異常に興奮している状態です。あなたのその部分も、おそらくは通常の人より興奮状態にあるのだと思います。異常な興奮を取り除くことで、狐憑きの状態から通常の状態に戻します。あなたにも、同様のことができると思います」

「なにそれ……。僕を普通の人にしちゃうってこと？」

鬼龍が言う。

「お祓いを、実際にごらんになりたいのでしょう？　お望みどおり見せてさしあげます。見るだけでなく、体験もできますよ」

与部が富野に言った。

「あなた、警察官でしょう？　そんなことを許すの？　これって、明らかに暴力じゃない」

「あなたがネイムのアプリでやられていることも、それと同じことなんですよ」

「冗談じゃない。警備を呼ぶよ」

孝景が立ち上がろうとする与部の肩を押さえて、再び腰を下ろさせた。

「狐憑きなんかより、興奮の度合いは少ないから、すぐに済むよ」

与部が恐怖の表情を浮かべる。

「ちょっと待ってよ。そんなことが許されるはずがない」

富野は言った。

「どうしてです？　あなたの実験が許されるのなら、鬼龍と孝景のお祓いも許されるはずです。まったく同じことをやるのですからね」

与部は、顔色を失っていた。彼は、突然、大声で叫びはじめた。

「おおい、誰か。林、林はいないか。警備を……」

孝景がその口を押さえた。そして、言った。

「さあ、鬼龍。始めようか」

鬼龍が、九字を切り、祝詞を唱えはじめる。

「ヒ・フ・ミ・ヨ……」

口を押さえられた与部が恐怖に目を見開く。孝景が言う。

「さあ、俺がきついのを一発お見舞いすれば、それで終わりだ」

孝景が、拳を握った。

与部ががくがくと首を縦に振っている。富野は孝景に言った。

「待て。手を離してやれ。何か言っている」

鬼龍の祝詞が止まった。孝景が、富野を見て言った。

「すぐに終わるぜ」

「いいから、離してやれ」

孝景が舌を鳴らす。

「つまんねえな……」

孝景が離れると、与部が富野に言った。

「訴えてやるぞ」

富野はこたえた。

「何を訴えるというんです？　あなたが実際に祓うところをごらんになりたいとおっしゃったので、それをやろうとしただけです」

与部は、悔しげに富野を見つめている。富野は続けて言った。

「いいですか？　もう一度言います。あなたの実験は、彼らのお祓いと同じことなのです。何も知らない少年少女の脳に影響を与えてしまう。法律がどうこうじゃない。そういう危険な行為を許すわけにはいかないのです」

与部は、まだ富野を睨《にら》んでいた。

富野はさらに言った。

「しかしまあ、あなたの好奇心を封じてしまうことはできないでしょう。ネイムアプリでの実験を止めてくれれば、あなたの研究に、鬼龍と孝景が協力するという条件でいかがですか？」

「待てよ、おい」

孝景が言った。「なんで俺が協力しなけりゃならないんだ？」

富野が言った。

「いいじゃないか。きっとタダとはおっしゃらないはずだ。いい小遣い稼ぎにはなるかもしれない」

「なら、あんたが協力すりゃあいいじゃないか。あんただって能力を持っているんだ」

「え、そうなの？」

与部が驚いた顔で富野を見た。富野は、渋い顔で言った。

「俺は、まだ自分の能力を認めていない。覚醒前なんですよ」

「でも、覚醒しかかった」

孝景が言うと、与部が富野に言った。

「能力があるんだ……」

「だから、覚醒していないんですよ」

「僕が覚醒させるというのはどう？」

「そちらが条件を出せる場面じゃないんですよ」

富野は鬼龍に尋ねた。「協力してもいいな？」

鬼龍は肩をすくめた。

「まあ、どういう協力をするかにもよりますけどね……」

「孝景はどうだ？」

彼は、しぶしぶという顔でこたえた。

「まあ、鬼龍がやるってんなら……」

「決まりだ」

富野は、与部に言った。「どうです？　悪い条件じゃないと思います」

与部に好奇の表情が戻っていた。

「わかった」

彼はあっさりと言った。「それでいいよ」

25

与部との交渉から、一週間が経った。

穏やかな日々だった。あれだけ立て続けに事件が起きたのが嘘のようだった。

隣の席でスマートフォンをいじっていた有沢が言った。

「与部星光は、約束を守っているようですね」

富野はうなずいた。

交渉の後、すぐにネイムの占いアプリを確認した。オプションページの『その先』は消失していた。

消しておいて、ほとぼりが冷めた頃に復活させるのではないかと、時々こうして有沢がチェックしているのだ。

『その先』は復活していない。狐憑きみたいな状態になる少年少女も出ないということだ。おそらく、鬼龍と孝景も暇な日々を送っているだろう。

いや、彼らのことはわからない。

心霊現象や超常現象は、それほど珍しい出来事ではないのかもしれない。そして、たぶん、そういう現象にもちゃんとした理由があるに違いない。

多くの場合は、人間の脳が作り出す現象なのだろう。鬼龍と孝景は、それに対処しているのだと、今回の一連の出来事を通じて、富野はいちおう、理解していた。

傷害事件の加害者とされていた佐田秀人と宮本和樹は、保護観察処分となった。他人に怪我を負わせたのは確かだが、佐田の場合は、はずみで傷つけた要素が大きいとされ、宮本の場合は、執拗《しつよう》ないじめにあっていたという情状が酌量されたのだろう。

二人とも初犯ということもあり、普段の生活で非行の事実もなかったので、そういう処分で済んだのだ。

金沢未咲には、何のおとがめもなかった。彼女は、未成年者略取・誘拐の被害者なのだ。彼女を拉致《らち》しようとした男たちが仲間割れを始めて大けがをしたという富野のシナリオどおりに、未咲は供述したに違いない。

有沢がスマートフォンをポケットにしまって言った。

「あの二人、おとなしく与部星光に協力しているんでしょうかね」

「どうだろうな」

どうでもよかった。

「一つ訊いていいですか？」

「何だ？」

「与部星光が、あくまでも実験をやめないと言ったら、本当にあの二人に祓わせるつもりだったんですか？」

「ばか言え。ただのはったりだよ。俺だって、サイバーパンサー社の重要性はわかっている。日本の経済に大打撃を与えるようなことができるはずはない」

「それを聞いて安心しました。与部星光は一種のカリスマですからね。あの才能を失うのはとんでもない損失になります」

「与部は頭のいいやつだ。自分でも引き時を考えていたはずだ」

「そうですね」

「だが、だからといって犯罪につながる行為を見過ごしにはできない。あいつの実験が危険ドラッグと同じだと言ったのは本音だ」

「わかってます。警察の仕事じゃない、なんて言ったこと、反省してます」

「わかりゃいいんだ。警察の仕事はあくまで法律に則《のっと》ってやらなけりゃならない。だが、法律だけで片づく仕事ばかりじゃないんだ」

「はい。やっぱり富野さんは、立派な警察官だと思います」

こいつ、どこまで本気で言っているのだろう。

「そう思ったら、少しは見習うんだな」

「はい、そのつもりです」

調子のいいやつだ。だが、しばらくはこいつといっしょに仕事をするしかない。今回は、こいつに助けられたところもある。いいところは認めてやらないといけないな。

　富野はそんなことを思っていた。


　それから数日後、帰宅してきた富野が、マンションの玄関の前に来ると、鬼龍が姿を見せた。

「なんだ、びっくりするじゃないか。事件は終わったのに、まだ俺を尾行しているのか？」

「そうじゃありません。どうしているかと思って、ちょっと寄ってみただけです」

「寄ってみるというより、待ち伏せをされた感じだな」

　鬼龍はかすかに笑っただけで、それについては何も言わなかった。

　富野は尋ねた。

「何か用があるのか？」

「あなたの能力についてですよ。もう、自覚されているんでしょう？　あなたは、俺といっしょに祝詞を唱えて能力を発揮したんですよ」

　富野は肩をすくめた。

「それについいちゃ、相棒の有沢にも言ったんだがな。俺は警察官としての生き方を変えるつもりはない」

鬼龍はしばらく富野を見ていたが、やがてうなずいた。

「そうですか。それはそれでいいでしょう。ただし……」

「ただし、何だ？」

「あなたは、今後も今回のような奇妙な事件に関わることになるでしょう。それが、おそらくあなたの運命です」

「ふん、俺は運命なんて信じない。だから、そんな予言も信じない」

「そう言いながら、実は俺の言うとおりじゃないかと感じているんでしょう」

「もう一度言う。俺は運命を信じない」

「まあ、いいでしょう。いずれわかることです」

「こっちからも質問させてくれ」

「どうぞ」

「与部の研究に協力しているのか？」

「まあ、適当に……」

「どんな協力をしているんだ？」

「祝詞を録音されたり、脳波を取られたり……。孝景は、途中で腹を立てて断りましたがね……。俺はモルモットじゃない、とか言って……」

「あいつらしいな。それで、祝詞を録音したり、脳波を取ったりして、何かわかるのか？」

「わからないでしょうね。本気で祝詞を唱えているわけじゃないので」

「それって詐欺じゃないのか？」

「こちらだって、営業上の秘密を簡単に明かすわけにはいきませんよ」

「もう一つ、訊きたいことがあったんだ」

「何ですか？」

「憑依だの心霊現象だのは、側頭葉やシルヴィウス溝に刺激を与えることで起きると言ったな？」

「はい」

「狐憑きや悪魔憑きもそうだと」

「ええ」

「本当にそれだけなのか？」

「どういうことです？」

「脳への刺激だけでは説明がつかないようなことも、実際起きているんじゃないのか？本当の心霊現象も起きていて、おまえたちはそういうのを相手にすることもあるのかもしれないと思ったんだ」

鬼龍はほほえんだ。

「どうしてそう思ったんです」

「与部に側頭葉やシルヴィウス溝のことをしゃべるとき、妙に饒舌《じょうぜつ》だったんでな。そういうときは、たいてい別に隠していることがあるもんだ」

「さあて……」

鬼龍はほほえんだまま言った。「それも、営業上の秘密ということにしておきましょう」

「まあ、いいさ。別に本気で知りたいわけじゃないんだ」

「いずれ、富野さんもご自身で経験するかもしれませんよ」

「ごめんだね」

富野は言った。「だが、もし俺がまたそういう事件に遭遇したら、また手を貸してくれるんだろうな」

「富野さんがお望みなら……」

富野がうなずくと、鬼龍もうなずきかえした。

そして、すうっと闇の中に消えていった。

鬼龍に言ったように、運命など信じない。だが、たしかに自分は奇妙な事件に引き寄せられる傾向があることを認めていた。

そうなればまた、鬼龍や孝景に会えるだろう。それも悪くない。富野はそう思って、鬼龍が消えた闇を見つめていた。

参考文献

量子論から解き明かす「心の世界」と「あの世」――物心二元論を超える究極の科学／岸根卓郎著（ＰＨＰ研究所）

初出

本書は、二〇一五年小社より単行本として刊行されました。

本作はフィクションであり、登場する人物、団体名など架空のものであり、現実のものとは一切関係ありません。

解説

関口苑生《せきぐちえんせい》

誰が言ったのだったか、この二十年ほどの日本のミステリ状況は「警察小説の時代」だったというのを聞いて、なるほどその通りと思ったことがある。事実、かつてこれほど警察小説が長く活況を呈した時代はなかった。といっても、警察小説が脚光を浴びたのは今回が初めてではない。一九六〇年代から七〇年代にかけても、ちょっとした警察小説のブームがあったが——佐野《さの》洋《よう》、三好徹《みよしとおる》、結城昌治《ゆうきしょうじ》、藤原審爾《ふじわらしんじ》、笹沢左保《ささざわさほ》、生島《いくしま》治郎《じろう》など「清張《せいちょう》以降」の作家たちが活躍した時代だが——現在ほどの隆盛をきわめることはなかったように思う。

ではなぜ今日のブームが生まれたのか。いくつか考えられる理由の中で最もわかりやすいのが、警察小説の進化および深化ということだろう。先輩作家たちが築き上げてきた土台の上に、現代の作家たちが新たな方法的冒険を試みた結果、警察小説は犯罪捜《そう》査の細密な過程を描いた、謎解きを中心とするミステリという枠を超えて、さまざまな相貌《ぼう》を持つようになったのだ。捜査する側の刑事や被害者、さらには加害者を含めた事件関係者たちの立場と人間性、心情などを加味し重視していくことで、まったく新しい地平を切り拓《ひら》くことに成功したのである。これによって警察小説はミステリの要素も含みながら、同時に厳格な階級社会の中の組織小説、ひとりの家庭人として立ち返ったときの家族小説、時代の世相や流行を描いた風俗小説、事件関係者との交流を描いた人情小説、そしてアクションたっぷりの活劇小説といった具合に、いくつもの相貌を見せることができるジャンルとして大いなる可能性を押し広げたのだった。

今野《こんの》敏《びん》はこうした潮流のど真ん中にいた作家であった。

彼が書く警察小説は、常に驚きと新しさに満ちている。そのひとつひとつを挙げていくとキリがなくなるが、たとえば刑事というのは二人一組で行動するのが基本である。この場合、物語上の役割分担では階級の上下や先輩後輩などの関係もあり、通常はどちらかひとりが主で、もうひとりは従と相場が決まっていた。ところが今野敏はそんな常識に囚《とら》われず、どちらが主か従かではなく、もう一歩進んでお互いが〝相棒〟と認め合うような関係を描き出すのだ。《横浜みなとみらい署暴対係》シリーズなどは典型的で、諸橋夏男《もろはしなつお》警部と城島勇一《じょうじまゆういち》警部補のコンビは、この階級による組み合わせも珍しいが、往年のテレビドラマ『刑事スタスキー&ハッチ』を彷彿《ほうふつ》とさせる行動とノリで弾《はじ》けており、相棒小説として楽しませてくれる。あるいは警視庁捜査三課《萩尾秀一《はぎおしゅういち》》シリーズでは、盗犯係一筋のベテラン刑事と女性捜査官・武田秋穂《たけだあきほ》のコンビが登場するが、最初は年齢差や相手が女性ということもあって戸惑っていた萩尾が、次第に秋穂を相棒と認めるようになる過程が丁寧に描かれる。また《マル暴》シリーズは、北綾瀬《きたあやせ》署刑事組織犯罪対策課の気弱な刑事・甘糟達夫《あまかすたつお》巡査部長が、こわもて先輩刑事の郡原虎蔵《ぐんばらとらぞう》と組み、微妙に面白おかしいふたりの関係が描かれている。

コンビの相手が刑事とは限らないというのも今野敏の特徴だ。《渋谷署強行犯係》シリーズは、辰巳《たつみ》吾郎《ごろう》巡査部長と整体師にして琉球《りゅうきゅう》空手の使い手・竜門光一《りゅうもんこういち》のタッグが、たっぷりの活劇アクションをまじえて活躍する。また《警視庁捜査一課・碓氷弘一《うすいこういち》》シリーズにいたっては、事件が起きるたびに外部から専門分野の助っ人的な人物が登場し、碓氷はコンビを組まされるのだ。その相手が自衛隊爆弾処理班、美人心理調査官、外国人考古学者……とおよそ犯罪捜査とは無縁の人物ばかりとくるから困ってしまう。しかし行動を共にしていくうちに、相棒もしくは戦友とでもいうような気持ちを相手に対して持つようになるのだった。

ここで重要なのは、事件解決までの展開もさることながら、それ以上に登場人物たちの心理や人間性を描いた部分だろう。というよりも、むしろこちらのほうがメインと言ってよいかもしれない。事件の真相を究明するという共通の目的を持つふたりが、日々の行動の中で、性格や嗜好《しこう》などを含めて少しずつ相方のことを知っていくようになる。この少しずつというのが今野敏の場合は絶妙な出し入れ具合で、読者の興味と共感を高めていくのである。これによって今野敏の警察小説は、滋味豊かな味わい深い作品に仕上がっているのだった。

そして本書『豹変《ひょうへん》』は、おそらく警察小説史上最も異色と言ってよいだろうコンビが登場する。いや、時にはトリオになり、カルテットになることもある。

どういうことか。

とその前に、本書が四作目となる《祓師《はらいし》・鬼龍光一《きりゅうこういち》》シリーズのおさらいをざっとしておこう。まず第一作の『鬼龍』だが、これだけはちょっと別格で、主人公は鬼龍浩一《こういち》という〝亡者祓《ばら》い〟を請け負う鬼道衆の血筋を引く人物であった。が、このときはまだ鬼龍浩一は単独での登場で、奥州勢の祓師・安倍《あべ》孝景《たかかげ》も、警視庁生活安全部少年事件課の巡査部長・富野《とみの》輝彦《てるひこ》も出てこない。

　シリーズ作として現在のような形になったのは、第二作『陰陽』が最初で、このとき鬼龍の名前も浩一から「光一」と変更され、富野と孝景もこの作品から登場する。以後『憑物』そして本書となるわけだが、最初の『鬼龍』から数えると二十年以上の歳月を経て続く稀有《けう》なシリーズと言えよう。

　古代から連綿と受け継がれているという鬼龍ら祓師の仕事は、亡者に取り憑《つ》いた陰の気を祓うことである。怒りや憎しみ、怨《うら》み、妬《ねた》み、悲しみ……そうしたマイナスの情念が凝り固まると、大きな精神エネルギーの場が生まれる。これらマイナスの精神エネルギーの虜《とりこ》となった人々は亡者となり、周囲の人間に災いをもたらす存在となるのだった。しかし亡者は、いつも同じような状況、状態で現れるとは限らなかった。祓師と呼ばれる鬼龍ら鬼道衆は、それら亡者を見つけて祓う仕事を請け負っていたのだ。とはいえ、陰の気といってもすべてが悪いものではない。陰と陽とどちらが正しいというものでもない。どちらも必要なもので、要はそのバランスが肝要なのだった。実際に芸術関係、芸能関係、服飾関係などの職業に就く有名人は、強い陰の気を持っている人が多かった。

祓師はその見極めができる能力が備わっている。象徴的な事例では、陰は淫に繫《つな》がり、あるときは濃密で淫靡《いんび》な気を発して、男も女もひたすら快感を求める獣と化していく。

ところが、今回の事件はいつもとちょっと勝手が違っていた。

発端は、都内の中学校で起きた生徒同士のいざこざだった。十四歳の中学三年生の生徒が、同級生を刃物で刺したというのだ。加害者はすぐに補導されたが、その様子はどこか奇妙だった。老人のような嗄《しわが》れた声、態度も尊大で、自分の邪魔をしたから懲らしめたと悪びれる様子もない。しかも事情聴取されていた取調室を勝手に出て行こうとし、取り押さえようとした係員を軽々とはね飛ばしたのである。

このときに現れたのが、黒いシャツに黒いスーツ、そして黒いコートという全身黒ずくめの男、鬼龍光一だった。鬼龍によると、少年は狐憑きだという。それもかなり位の高い老狐《ろうこ》が憑いているのだと。鬼龍とともに除霊に向かう富野。そこに加えて、全身白ずくめで髪の毛さえも銀色に輝く安倍孝景も参戦するのだったが……。

しかし事件はこれで終わりではなかった。同じ十四歳で中学二年の少年が、金属バットでこれも同級生をめった打ちにする傷害事件が起き、さらには暴行目的で四人の男に連れ去られた十四歳の少女が、逆に男たちに大けがを負わせる事件が発生する。彼らの様子、態度はいずれも最初の事件の少年と同じで、やはり狐憑きの状態であったのだ。

これは一体どういうことなのか。何かとんでもないことが始まろうとしているのか。

不可解な事件が起き、富野たち警察の力ではどうにも解決のしようがなかったときに、鬼龍や孝景たちが陰で事件を解決に導いてくれたことは確かにあった。その意味では鬼龍は情報提供者であり協力者である。しかし今回ばかりは、いくら何でも「狐憑き」はどうにも信じがたかった。が、それでも現実に奇妙なこと、不可解なことは起こっている。その事実だけは認めねばならない。富野はそれぞれの事件の共通項を探り、鬼龍と孝景は独自のネットワークを駆使して真相に迫っていく。すると、そこには意外な共通点が浮かびあがってきたのだった。

本作で初めて登場するのが、有沢英行《ありさわひでゆき》という富野の五歳年下で三十歳の巡査長だ。富野は今野敏の警察小説の中では意外とマッチョな人物である。自分より年上の捜査員でも平気でタメ口をきく。年上には敬語を使う風習があるにもかかわらず、富野は気にしない。腹が立つなら、そう言ってくれればいい。言われたら改める、という姿勢を貫くのだ。もちろん年下に対しては言わずもがなである。そんな富野と組むことになるのが一見茫洋《ぼうよう》としてつかみどころのない、平凡な人物としか見えない有沢だった。だがこれが、いざというときには結構頑張り、存在感を示すのだから面白い。

かくして富野は、鬼龍とはコンビを、孝景が加わるとトリオに、さらに有沢が入ってきてカルテットになり、相棒というのか仲間というのか、彼を中心とする不思議な関係のチームが出来上がっていく。

言うならば、鬼龍や孝景らと同族の血が流れているかもしれない富野は、祓師と現実社会の橋渡し役を。有沢はその富野と警察組織の橋渡し役を担うことになるのだった。

まったく、こんなにも異色のチームは警察小説史上どこにもなかったと言っていいだろう。だが、こういう部分こそが今野敏の真骨頂なのだった。警察小説と伝奇小説の華麗なる合体技——こういう〝勝負〟ができるのは、今野敏ぐらいしかいないだろう。

さて、事件の真相は意外なところから見え始めてくる。なのでこのではあるのだが、あまり詳しい事情を書くと興を削《そ》いでしまいかねない。なのでここでは、すべての発端はスマートフォンによるSNSのアプリにあったとだけ記しておく。

これもまた、前近代的な狐憑きという現象と、最先端の科学であるIT技術との驚異の合体技なのだった。もっとも、今野敏は早くからこの種のトレンドを取り入れていた作家であった。たとえば一九九五年発表の『イコン』では、パソコン通信の掲示板を利用した犯罪を描いていたし、二〇〇二年の『殺人ライセンス』では、ネットを使った殺人ゲームの可能性と、現実社会と仮想現実の曖昧《あいまい》さも指摘していた。またこの作品では、本書にも登場する、エジソンやコンスタンチン・ラーデブが試みた霊界との通信という研究の話も書かれている。何も急に思いついたテーマではないことがこれでよくわかる。

ところで、このIT技術と狐憑きという関係の着地点は——誰もが啞然《あぜん》とするような、しかしそうか、そうだったのかと納得してしまう本書の結末だが——二〇一五年の「本の旅人」七月号に掲載された今野敏のインタビュー記事では「よく途中で思いついたと思っています。思いついたときには手を叩《たた》きたかった。これだ！　って」と語っている。

何と、書いている途中で謎解きが閃《ひらめ》いたというのである。

こういうことは作家には意外とあるものらしい。《浅見光彦《あさみみつひこ》》シリーズでお馴染《なじ》みの内田康夫《うちだやすお》も、NHKの番組で「最初から犯人がわかって書いていくと面白くなくなるでしょう。聞き込みにしても何にしても、最初からわかっているとへんにぎこちなくなってしまう」と話していたのを見た記憶がある。また高橋克彦《たかはしかつひこ》も、連載中の長編ミステリが終盤に差しかかって「ここまで書いてきて、やっと犯人がわかったぞ!」と嬉《うれ》しそうに担当編集者へ電話をしたことがあったそうだ。

われわれ凡人には到底できそうにない奇跡のごとき神業だが、これが読者の予想を裏切る面白さへと繋がってもいるのだろう。非凡な作家の潜在意識のなせる業と言っていいかもしれない。

いや、だが、それにしても本書の物語の展開と結末には驚かされた。特に注目すべきは後半部分の、あるカリスマ的人物と富野、鬼龍らの緊迫した会話場面だ。どうか心してお読みいただきたい。

本当に驚くぞ。

二〇一八年八月

豹変《ひょうへん》

今野《こんの》 敏《びん》

平成30年 9月25日 初版発行
令和6年 11月15日 5版発行

発行者●山下直久

発行●株式会社KADOKAWA
〒102-8177 東京都千代田区富士見2-13-3
電話 0570-002-301(ナビダイヤル)

角川文庫 21167

印刷所●株式会社KADOKAWA
製本所●株式会社KADOKAWA

表紙画●和田三造

●お問い合わせ
https://www.kadokawa.co.jp/（「お問い合わせ」へお進みください）
※内容によっては、お答えできない場合があります。
※サポートは日本国内のみとさせていただきます。
※Japanese text only

ISBN 978-4-04-107430-5 C0193